KB113060

날개-오감도

날개-오감도
이상시집
창작시대사

자의식 문학의 선구자이자 초현실주의적 작가로 일컬어지는 李箱! 현실을 거부하면서도 사랑하고 그러면서 끝없이 어딘가로 높이 더 높이 날기를 꿈꾸었던 그는 비록 짧은 생애이기는 하지만 자아문학의 깃발을 들고, 뛰어난 기지와 끈질긴 관찰주의 습성을 발휘하여 우리에게 문학과 삶의 태동을 심어주었다. 억압된 의식과 욕구좌절의 현실에서의 탈출을 시도했던 불세출의 천재작가는 우리들의 가슴속에 영원히 살아서 노래한다. "날자, 날자, 한번만 더 날자꾸나. 한번만 더 날아보자꾸나."

이 상 ‖ 날개-오감도

차례

회한의 장

가장 무력한 사내가 되기 위해 나는 얼금뱅이였다
세상에 한 여성조차 나를 돌아보지는 않는다
나의 나태는 안심이다

양팔을 자르고 나의 직무를 회피한다
이제는 나에게 일을 하라는 자는 없다
내가 무서워하는 지배는 어디서도 찾아볼 수 없다

역사는 무거운 짐이다
세상에 대한 사표 쓰기란 더욱 무거운 짐이다
나는 나의 문자들을 가둬버렸다
도서관에서 온 소환장을 이제 난 읽지 못한다

나는 이젠 세상에 맞지 않는 옷이다
봉분보다도 나의 의무는 적다
나에겐 그 무엇을 이해해야 하는 고통은 완전히 사라
져버렸다

나는 아무 때문도 보지는 않는다
그렇기 때문에 나는 아무것에서도 또한 보이지 않을
게다
처음으로 나는 완전히 비겁해지기에 성공한 셈이다.

오감도

시(詩) 제1호

13인의아해(兒孩)가도로로질주하오.
(길은막다른골목이적당하오)

제1의아해가무섭다고그리오.
제2의아해도무섭다고그리오.
제3의아해도무섭다고그리오.
제3의아해도무섭다고그리오.
제4의아해도무섭다고그리오.
제5의아해도무섭다고그리오.
제6의아해도무섭다고그리오.
제7의아해도무섭다고그리오.
제8의아해도무섭다고그리오.
제9의아해도무섭다고그리오.
제10의아해도무섭다고그리오.
제11의아해도무섭다고그리오.
제12의아해도무섭다고그리오.

제13의아해도무섭다고그리오.
13인의아해는무서운아해와무서워하는아해와그렇
게뿐이모였소.
(다른사정은없는것이차라리나았소.)

그중에1인의아해가무서운아해라도좋소.
그중에2인의아해가무서운아해라도좋소.
그중에2인의아해가무서워하는아해라도좋소.
그중에1인의아해가무서워하는아해라도좋소.

(길은뚫린골목이라도적당하오)
13인의아해가도로로질주하지아니하여도좋소.

시 제2호

나의아버지가나의곁에서조을적에나는나의아버지
가되고또나는나의아버지의아버지가되고그런데도

나의아버지는나의아버지대로나의아버지인데어쩌자고나는자꾸나의아버지의아버지의아버지의…아버지가되니나는왜나의아버지를껑충뛰어넘어야하는지나는왜드디어나와나의아버지와나의아버지의아버지와나의아버지의아버지의아버지노릇을한꺼번에하면서살아야하는것이냐.

시 제3호

싸움하는사람은즉싸움하지아니하던사람이고또싸움하는사람은싸움하지아니하는사람이었기도하니까싸움하는사람이싸움하는구경을하고싶거든싸움하지아니하던사람이싸움하는것을구경하든지싸움하지아니하는사람이싸움하는구경을하든지싸움하지아니하던사람이나싸움하지아니하는사람이싸움하지아니하는것을구경하든지하였으면그만이다.

시 제4호

환자의용태(容態)에관한문제

· 1111111111

1 · 222222222

22 · 33333333

333 · 4444444

4444 · 555555

55555 · 66666

666666 · 7777

7777777 · 888

88888888 · 99

999999999 · 0

0000000000 ·

진단 0,1 26.10.1931

이상(以上) 책임의사(責任醫師) 이 상(李箱)

시 제5호

전후좌우를재(除)하는유일(唯一)의흔적(痕迹)에있어서

익은불서(翼殷不逝) 목불대도(目不大覩)

반왜소형(矮小形)의신(神)의안전(眼前)에아전낙상(我前落傷)한고사(故事)를유(有)함.

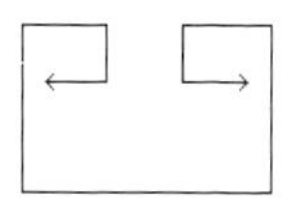

장부(臟腑)라는것은침수(浸水)된축사(畜舍)와구별(區別)될수있을는가.

시 제6호

앵무(鸚鵡) ※ 2필

2필

※ 앵무는 포유류에 속하느니라.

내가2필을아아는것은내가2필을아알지못하는것이니라.
물론나는희망할것이니라.
앵무 2필
“이소저(小姐)는시사이상(李箱)의부인이냐” “그렇다”
나는거기서앵무가노한것을보았느니라. 나는부끄러워서얼굴이붉어졌었겠느니라.
앵무 2필
　　2필
물론나는추방당하였느니라. 추방당할것까지도없이자퇴하였느니라. 나의체구는중축(中軸)를상실하고또상당히창량하여그랬든지나는미미하게체읍(涕泣)하였느니라.
“저기가저기지” “나” “나의－아－너와나”
“나”
sCANDAL이라는것은무엇이냐. “너” “너구나”
“너지” “너다” “아니다너로구나”

나는함뿍젖어서그래서수류(獸類)처럼도망하였느니라. 물론그것을아는사람혹은보는사람은없었지만그러나과연그럴는지그것조차그럴는지.

시 제7호

구원적거(久遠謫居)의지(地)의일지(一枝)·일지에피는현화(顯花)·특이한사월(四月)의화초(花草)·삼십륜(三十輪)·삼십륜에전후(前後)되는양측의명경(明鏡)·맹아(萌芽)와같이희희(戲戲)하는지평(地平)을향하여금시금시낙백(落魄)하는만월(滿月)·청간(淸澗)의기(氣)가운데만신창이(滿身瘡痍)의만월(滿月)이의형당(刑當)하여혼륜(渾淪)하는·적거(謫居)의지(地)를관류(貫流)하는일봉가신(一封家信)·나는근근(僅僅)히차대(遮戴)하였더라·몽몽 한월아(月芽)·정밀(靜謐)을개엄(蓋掩)하는대기권(大氣圈)

의요원(遙遠)·거대(巨大)한곤비(困憊)가운데의일년사월(一年四月)의공동(空洞)·반산전도(槃散顚倒)하는성좌(星座)와성좌의천열(千裂)된사호동(死胡洞)을포도(逋逃)하는거대한풍설(風雪)·강매·혈홍(血紅)으로염색(染色)된암염(岩鹽)의분쇄(粉碎)나의뇌(腦)를피뢰침(避雷針)삼아침하반과(沈下搬過)되는광채(光彩)임리한망해(亡骸)·나는탑배(塔配)하는독사(毒蛇)와같이지평에식수(植樹)되어다시는기동(起動)할수없었더라·천량(天亮)이올때까지

시 제8호 — 해부(解剖)

제일부시험(第一部試驗) 수술대(手術臺) 일(一)
수은도말평면경(水銀塗抹平面鏡) 일(一)
기압(氣壓) 이배(二倍)의평균기압
온도(溫度) 개무(皆無)

위선마취(爲先痲醉)된정면(正面)으로부터입체(立體)와입체를위(爲)한입체가구비(具備)된전부(全部)를평면경(平面鏡)에영상(映像)시킴. 평면경에수은(水銀)을현재와반대측면(反對側面)에도말이전(塗沫移轉)함.－광선침입방지(光線侵入防止)에주의하여－서서(徐徐)히마취(痲醉)를해독(解毒)함. 일축철필(一軸鐵筆)과 일장백지(一張白紙)를지급(支給함).－시험담임인(試驗擔任人)은피시험인(被試驗人)과포옹(抱擁)함을절대기피(絶對忌避)할것－순차수술실(順次手術室)로부터피시험인을해방(解放)함.익일(翌日).평면경의종축(縱軸)을통과(通過)하여평면경을이편(二片)에절단(切斷)함. 수은도말이회(水銀塗抹二回).
ETC 아직그만족(滿足)한결과(結果)를수득(收得)치못하였음.

제이부시험(第二部試驗) 직립(直立)한평면경 일(一)
조수(助手) 수명(數名)

야외(野外)의진공(眞空)을선택(選擇)함. 위선마취
(爲先痲醉)된상지(上肢)의첨단(尖端)을경면(鏡面)
에부착(附着)시킴. 평면경(平面鏡)의수은(水銀)을박
락(剝落)함. 평면경을후퇴(後退)시킴.－이때영상(映
像)된상지(上肢)는반드시초자(硝子)를무사통과(無
事通過)하겠다는것으로가설(假說)함－상지(上肢)
의종단(終端)까지. 다음수은도말(水銀塗抹).－재래
면(在來面)에－이순간공전(瞬間公轉)과자전(自轉)
으로부터그진공(眞空)을강차(降車)시킴. 완전히이
개(二個)의상지(上肢)를접수(接受)하기까지.익일
(翌日).초자(硝字)를전진(前進)시킴.연(連)하여수은
주(水銀柱)를재래면(在來面)에도말(塗抹)함.－상지
(上肢)의처분(處分)<혹은멸형(滅形)>기타(其他).수
은도말면(水銀塗抹面)의변경(變更)과전진후퇴(前
進後退)의중복(重複)등(等).
ETC 이하미상(以下未詳)
진단 0,1 26.10.1931 책임의사 이상

시 제9호 －총구

매일(每日)같이열풍(烈風)이불더니드디어내허리에큼직한손이와닿는다.황홀(恍惚)한지문(指紋)골짜기로내땀내가스며드자마자쏘아라.쏘으리로다.나는내소화기관(消化器管)에묵직한총신(銃身)을느끼고내다물은입에매끈매끈한총구(銃口)를느낀다. 그리더니나는총(銃)쏘으드키눈을감으며한방총탄(銃彈)대신에나는참나의입으로무엇을내배앝었더냐.

시 제10호 －나비

찢어진벽지(壁紙)에죽어가는나비를본다.그것은유계(幽界)에낙역(絡繹)되는비밀(秘密)한통화구(通話口)다.어느날거울가운데의수염(鬚髥)에죽어가는나비를본다.날개축처어진나비는입김에어리는 가난한이슬을먹는다.통화구(通話口)를손바닥으로 꼭막으면서내가죽으면앉았다일어서드키나비도날아가리라.이런말이결(決)코밖으로새어나가지는않게한다.

시 제11호

그사기컵은내해골(骸骨)과흡사하다. 내가그컵을손으로꼭쥐엿슬때 내팔에서는난데없는팔하나가접목(接木)처럼도치더니그팔에달린손은 그사기컵을번쩍들어마룻바닥에메여부딋는다. 내팔은그사기컵을사수(死守)하고잇스니산산(散散)이깨어진것은그럼그사기컵과흡사한내해골이다. 가지낫든팔은배암과같이내팔로기어들기전(前)에내팔이혹(或)움즉엿든들홍수(洪水)를막은백지(白紙)는찌저젓으리라. 그러나내팔은여전(如前)히그사기컵을사수(死守)한다.

시 제12호

때묻은빨래조각이한뭉텅이공중(空中)으로날라떨어진다.그것은흰비둘기의떼다.이손바닥만한한조각하늘저편에전쟁(戰爭)이끝나고평화(平和)가왔다는선전(宣傳)이다.한무더기비둘기의떼가깃에묻은때를씻는다.이손바닥만한하늘이편에방망이로흰비둘기의떼를때려죽이는불결(不潔)한전쟁이시작(始作)된다. 공기(空氣)에숯검정이가지저분하게묻으면흰비둘기의떼는또한번이손바닥만한하늘저편으로날아간다.

시 제13호

내팔이면도칼을든채로끊어져떨어졌다.자세히보면무엇에몹시위협(威脅)당하는것처럼새파랗다.이렇게하여잃어버린내두개팔을나는촉대(燭臺)세움으로내방안에장식(裝飾)하여놓았다.팔은죽어서도오히려나에게겁(怯)을내이는것만같다.나는니러한얇다란예의(禮儀)를화초분(花草盆)보다도사랑스레여긴다.

시 제14호

고성(古城)앞에풀밭이있고풀밭위에나는모자를벗어놓았다.성위에서나는내기억에꽤무거운돌을매어달아서는내힘과거리껏팔매질쳤다.포물선을역행하는역사의슬픈울음소리.문득성밑내모자곁에한사람의걸인이장승과같이서있는것을내려다보았다.걸인은성밑에서오히려내위에있다.혹은종합된역사의망령인가.공중을향하여놓안모자의깊이는절박한하늘을부른다.별안간걸인은율률한풍채를허리굽혀한개의돌을내모자속에치뜨려넣는다.나는벌써기절하였다.심장이두개골(頭蓋骨)속으로옮겨가는

지도가보인다.싸늘한손이내이마에닿는다.내이마에는싸늘한손자국이낙인되어언제까지지어지지않았다.

시 제15호

1

나는거울없는실내(室內)에있다.거울속의나는역시외출중(外出中)이다.나는지금(至今)거울속의나를무서워하며떨고있다.거울속의나는어디가서나를어떻게하려는음모(陰謀)를하는중(中)일까.

2

죄(罪)를품고식은침상(寢床)에서잤다.확실(確實)한내꿈에나는결석(缺席)하였고의족(義足)을담은군용장화(軍用長靴)가내꿈의백지(白紙)를더럽혀놓았다.

3

나는거울속에있는실내(室內)로몰래들어간다.나를거울에서해방(解放)하려고.그러나거울속의나는침울(沈鬱)한얼굴로동시(同時)에꼭들어온다.거울속의나는내게미안(未安)한뜻을전(傳)한다.내가그때문에영어(囹圄)되어있드키그도나때문에영어(囹圄)되어떨고있다.

4

내가결석(缺席)한나의꿈.내위조(僞造)가등장(登場)하지않는내거울.무능(無能)이라도좋은나의고독(孤獨)의갈망자(渴望者)다.나는드디어거울속의나에게자살(自殺)을권유(勸誘)하기로결심(決心)하였다.나는그에게시야(視野)도없는들창(窓)을가리키었다.그들창(窓)은자살(自殺)만을위(爲)한들창(窓)이다.그러나내가자살(自殺)하지아니하면그가자살(自殺)할수없음을그는내게가르친다.거울속의나는불사조(不死鳥)에가깝다.

5

내왼편가슴심장(心臟)의위치(位置)를방탄금속(防彈金屬)으로엄폐(掩蔽)하고나는거울속의내왼편가슴을겨누어권총(拳銃)을발사(發射)하였다.탄환(彈丸)은그의왼편가슴을관통(貫通)하였으나그의심장(心臟)은바른편에있다.

6

모형심장(模型心臟)에서붉은잉크가엎질러졌다.내가지각(遲刻)한내꿈에서나는극형(極形)을받았다.내꿈을지배(支配)하는자(者)는내가아니다.악수(握手)할수조차없는두사람을봉쇄(封鎖)한거대(巨大)한죄(罪)가있다.

각혈의 아침

사과는 깨끗하고 또 춥고 해서 사과를 먹으면 시려워
진다
어째서 그렇게 냉랭한지 책상 위에서 하루 종일 색깔
을 변치 아니한다 차차로—둘이 다 시들어 간다.

먼 사람이 그대로 커다랗다 아니 가까운 사람이 그대
로 자그마하다 아니 어느 쪽도 아니다 나는 그 어느
누구와도 알지 못하니 말이다 아니 그들의 어느 하나
도 나를 알지 못하니 말이다 아니 그 어느 쪽도 아니
다(레일을 타면 전차는 어디라도 갈 수 있다)

담배연기의 한 무더기 그 실내에서 나는 긋지 아니한
성냥을 몇 개비고 부러뜨렸다. 그 실내의 연기의 한
무더기 점화되어 나만 남기고 잘도 타나보다 잉크는
축축하다 연필로 아무렇게나 시커먼 면을 그리면 연필
은 종이 위에 흩어진다

레코오드 고랑을 사람이 달린다 거꾸로 달리는 불행한

사람은 나 같기도 하다 멀어지는 음악소리를 바쁘게
듣고 있나 보다
발을 덮는 여자 구두가 가래를 밟는다 땅에서 빈곤이
묻어온다 받아써서 통념해야 할 암호 쓸쓸한 초롱불과
우체통 사람들이 수명(壽命)을 거느리고 멀어져 가는
것이 보인다 그리고 나의 뱃속엔 통신이 잠겨 있다
새장 속에서 지저귀는 새 나는 코 속 털을 잡아 뽑
는다
밤 소란한 정적 속에서 미래에 실린 기억이 종이처럼
뒤엎어진다.
벌써 나는 내 몸을 볼 수 없다 푸른 하늘이 새장 속에
있는 것같이
멀리서 가위가 손가락을 연신 연방 잘라 간다
검고 가느다란 무게가 내 눈구멍에 넘쳐 왔는데 나는
그림자와 서로 껴안는 나의 몸뚱이를 똑똑히 볼 수 있
었다.
알맹이까지 빨간 사과가 먹고 싶다는 둥
피가 물들기 때문에 여윈다는 말을 듣고 먹지 않았던

일이며
나를 놀라게 한 것은 그 종자는 이제 심어도 나지 않는다고 단정케 하는 사과 겉껍질의 빨간색 그것이다.
공기마저 얼어서 나를 못 통하게 한다 뜰을 주형(鑄型)처럼 한 장 한 장 떠낼 수 있을 것 같다
나의 호흡에 탄환을 쏘아 넣는 놈이 있다
병석에 나는 조심조심 조용히 누워 있노라니까 뜰에 바람이 불어서 무엇인가 떼굴떼굴 굴려지고 있는 그런 낌새가 보였다
별이 흔들린다 나의 기억의 순서가 흔들리듯
어릴 적 사진에서 스스로 병을 진단한다

가브리엘 천사균(菌) (내가 가장 불세출의 그리스도라 치고)
이 살균제는 마침내 폐결핵의 혈담이었다(고?)
폐 속 페인트칠한 십자가가 날이면 날마다 발돋움을 한다
폐 속엔 요리사 천사가 있어서 때때로 소변을 본단 말

이다
나에 대해 달력의 숫자는 차츰차츰 줄어든다

네온사인은 색소폰같이 야위었다
그리고 나의 정맥은 휘파람같이 야위었다
하얀 천사가 나의 폐에 가벼이 노크한다
황혼 같은 폐 속에서는 고요히 물이 끓고 있다
고무전선을 끌어다가 성 베드로가 도청(盜聽)을 한다
그리곤 세 번이나 천사를 보고 나는 모른다고 한다
그때 닭이 홰를 친다—어엇 끓는 물을 엎지르면 야단
야단—

봄이 와서 따스한 건 지구의 아궁이에 불을 지폈기 때
문이다
모두가 끓어오른다 아지랭이처럼
나만이 사금파리 모양 남는다
나무들조차 끓어서 푸른 거품을 자꾸 뿜어내고 있는
데도.

단장(斷章)

실내의 조명이 시계소리에 망가지는 소리 두 시
친구가 뜰에 들어서려 한다 내가 말린다 16일 밤
달빛이 파도를 일으키고 있다 바람 부는 밤을 친구는
뜰 한복판에서 익사하면서 나를 위협한다
탕 하고 내가 쏘는 일 발 친구는 분쇄했다 유리처럼
(반짝이면서)
피가 도면(뜰의)을 거멓게 물들였다 그리고 방 안에
범람한다
친구는 속삭인다 -자네 정말 몸조심해야 하네-
나는 달을 그슬리는 구름의 조각조각을 본다 그리고
그 저편으로 탈환돼 간 나의 호흡을 느꼈다.

죽음은 알몸뚱이 엽서처럼 나에게 배달된다 나는 그
제한된 답신밖엔 쓰지 못한다.

양말과 양말로 감싼 발-여자의-은 비밀이다 나는
그 속에 말이 있는지 아닌지조차 의심한다
헌 레코오드 같은 기억 슬픔조차 뚜렷하지 않다.

습작 쇼오윈도우 수점(數點)

북을 향하여 남으로 걷는 바람 속에 멈춰 선 부인
영원의 젊은 처녀
지구는 그와 서로 스칠 듯이 자전한다
○
운명이란
인간들은 일만 년 후의 어느 해 달력조차 만들어 낼
수 있다
태양아 달아 한 장으로 된 달력아
○
달밤의 기권(氣圈)은 냉장한다
육체가 식을 대로 식는다
혼백만이 달의 광도로써 충분히 연소한다.

가구(街衢)의 추위

—1933년, 2월 17일의 실내의 건(件)—

네온사인은 색소폰과 같이 수척하여 있다.

파란 정맥을 절단하니 새빨간 동맥이었다.
—그것은 파란 동맥이었기 때문이다—
—아니! 새빨간 동맥이라도 저렇게 피부에 매몰되어 있으면…
보라! 네온사인인들 저렇게 가만히 있는 것 같아 보여도 기실은 부단히 네온가스가 흐르고 있는 게란다.
—폐병쟁이가 색소폰을 불었더니 위험한 혈액이 검온계와 같이
—기실은 부단히 수명이 흐르고 있는 게란다.

척각(隻脚)

목발의 길이도 세월과 더불어 점점 길어져 갔다.
신어보지도 못한 채 산적해 가는 외짝 구두의 수효를
보면 슬프게 걸어온 거리가 짐작되었다.
종시 제 자신은 지상의 수목의 다음 가는 것이라고 생
각되었다.

최후

능금 한 알이 추락하였다. 지구는 부서질 정도만큼 상했다.

최후.

이미 여하한 정신도 발아하지 아니한다.

아침

아내는 낙타를 닮아서 편지를 삼킨 채로 죽어 가나 보다. 벌써 나는 그것을 읽어버리고 있다. 아내는 그것을 아알지 못하는 것인가. 오전 10시 전등을 끄려고 한다. 아내가 만류한다. 꿈이 부상(浮上)되어 있는 것이다. 석 달 동안 아내는 회답을 쓰고자 하여 상금(尙今)을 써 놓지는 못하고 있다. 한 장 얇은 접시를 닮아 아내의 표정은 창백하게 수척하여 있다. 나는 외출하지 아니하면 아니 된다. 나에게 부탁하면 된다. 네 애인을 불러줌세 아드레스도 알고 있는데.

수인이 만들은 소정원

이슬을 아알지 못하는 다알리아하고 바다를 알지 못하는 금붕어하고가 수 놓여져 있다. 수인(囚人)이 만들은 소정원(小庭園)이다. 구름은 어이하여 방 속으로야 들어오지 아니하는가. 이슬은 들창 유리에 닿아 벌써 울고 있을 뿐.

계절의 순서도 끝남이로다. 산반(算盤)알의 고저는 여비와 일치하지 아니한다. 죄를 내어버리고 싶다. 죄를 내어던지고 싶다.

육친의 장(章)

나는 24세. 어머니는 바로 이 낫새에 나를 낳은 것이
다. 성쎄바스티앙과 같이 아름다운 동생 · 로오자 룩셈
부르크의 목상(木像)을 닮은 막내 누이·어머니는 우리
들 세 명에게 잉태 분만의 고락(苦樂)을 말해 주었다.
나는 세 명을 대표하여－드디어－
어머니 우린 좀더 형제가 되었음 싶었답니다
－드디어 어머니는 동생 버금으로 잉태하자 6개월로
서 유산한 전말을 고했다.
그 녀석은 사내댔는데 올해는 19(어머니의 한숨)
3인은 서로들 알지 못하는 형제의 환영을 그려 보았
다. 이만큼이나 컸지－하고 형용하는 어머니의 팔목과
주먹은 수척하여 있다. 두 번씩이나 객혈을 한 내가
냉정(冷情)을 극하고 있는 가족을 위하여 빨리 아내를
맞아야겠다고 초조하는 마음이었다.
나는 24세. 나도 어머니가 나를 낳으시드키 무엇인가
를 낳아야겠다고 생각하는 것이었다.

골편에 관한 무제

신통하게도 혈홍(血紅)으로 염색되지 아니하고 하이얀 대로
페인트를 칠한 사과를 톱으로 쪼갠즉 속살은 하이얀 대로
하느님도 역시 페인트칠한 세공품을 좋아하시지―사과가 아무리 빨갛더라도 속살은 역시 하이얀 대로. 하느님은 이걸 가지고 인간을 살짝 속이겠다고.
묵죽(墨竹)을 사진촬영해서 원판을 햇볕에 비춰 보구료―골격과 같다.
두개골은 석류 같고 아니 석류의 음화(陰畵)가 두개골 같다(?)
여보오 산 사람 골편(骨片)을 보신 일 있수? 수술실에서―그건 죽은 거야요 살아 있는 골편을 보신 일 있수? 이빨! 어머나―이빨두 그래 골편일까요. 그렇담 손톱두 골편이게요?
난 인간만은 식물이라고 생각커든요.

무제(無題)

내 마음의 크기는 한 개 궐련 기러기만하다고 그렇게 보고
처심(處心)은 숫제 성냥을 그어 궐련[卷煙]을 붙여서는
숫제 내게 자살을 권유하는도다.
내 마음은 과연 바지작바지작 타들어가고 타는 대로
작아가고,
한 개 궐련 불이 손가락에 옮겨 붙으렬 적에
과연 나는 내 마음의 공동(空洞)에 마지막 재가 떨어
지는 부드러운 음향을 들었더니라.

처심(處心)은 재떨이를 버리듯이 대문 밖으로 나를 쫓고,
완전한 공허를 시험하듯이 한 마디 노크를 내 옷깃에
남기고
그리고 조인(調印)이 끝난 듯이 빗장을 미끄러뜨리는 소리
여러 번 굽은 골목이 담장이 좌우 못 보는 내 아픈 마
음에 부딪혀
달은 밝은데
그때부터 가까운 길을 일부러 멀리 걷는 버릇을 배웠
더니라.

자상(自像)

여기는 어느 나라의 데드마스크다. 데드마스크는 도적맞았다는 소문도 있다. 풀이 극북(極北)에서 파과(破瓜)하지 않던 이 수염은 절망을 알아차리고 생식하지 않는다. 천고(千古)의 창천이 허방 빠져 있는 함정에 유언이 석비(石碑)처럼 은근히 침몰되어 있다. 그러면 이 곁을 생소한 손짓 발짓의 신호가 지나가면서 무사히 스스러워 한다. 점잖던 내용이 이래저래 구기기 시작이다.

내부

입 안에 짠맛이 돈다. 혈관으로 임리(淋漓)한 묵흔(墨痕)이 몰려 들어왔나 보다. 참회로 벗어 놓은 내 구긴 피부는 백지로 도로 오고 붓 지나간 자리에 피가 아롱져 맺혔다. 방대한 묵흔의 분류(奔流)는 온갖 합음이리니 분간할 길이 없고 다물은 입안에 그득 찬 서언(序言)이 캄캄하다. 생각하는 무력이 이윽고 입을 빼겨젖히지 못하니 심판받으려야 진술할 길이 없고 익애(溺愛)에 잠기면 버언져 멸형(滅刑)하여 버린 전고(典故)만이 죄업이 되어 이 생리 속에 영원히 기절하려나 보다.

육친

크리스트에 혹사(酷似)한 한 남루한 사나이가 있으니 이이는 그의 종생과 운명(殞命)까지도 내게 떠맡기려는 사나운 마음씨다. 내 시시각각에 늘어서서 한 시대나 눌변인 트집으로 나를 위협한다. 은애(恩愛)－나의 착실한 경영이 늘 새파랗게 질린다. 나는 이 육중한 크리스트의 별신(別身)을 암살하지 않고는 내 문벌(門閥)과 내 음모를 약탈당할까 참 걱정이다. 그러나 내 신선한 도망이 그 끈적끈적한 청각을 벗어버릴 수가 없다.

위치

중요한 위치에서 한 성격의 심술이 비극을 연역(演繹)하고 있을 즈음 범위에는 타인이 없었던가. 한 주(株)－분(盆)에 심은 외국어의 관목이 막 돌아서서 나가버리려는 동기요 화물의 방법이 와있는 의자가 주저앉아서 귀먹은 체할 때 마침 내가 구두(句讀)처럼 고 사이에 낑기어 들어섰으니 나는 내 책임의 맵시를 어떻게 해 보여야 하나. 애화(哀話)가 주석(註釋)됨을 따라 나는 슬퍼할 준비라도 하노라면 나는 못 견뎌 모자를 쓰고 밖으로 나가버렸는데 웬 사람 하나가 여기 남아 내 분신(分身) 제출할 것을 잊어버리고 있다.

매춘

기억을 맡아보는 기관이 염천(炎天) 아래 생선처럼 상해 들어가기 시작이다. 조삼모사(朝三暮四)의 싸이폰 작용. 감정의 망쇄(忙殺).

나를 넘어뜨릴 피로는 오는 족족 피해야겠지만 이런 때는 대담하게 나서서 혼자서도 넉넉히 자웅(雌雄)보다 별것이어야겠다.

탈신(脫身). 신발을 벗어버린 발이 허천(虛天)에서 실족(失足)한다.

생애

내 두통 위에 신부(新婦)의 장갑이 정초(定礎)되면서 내려앉는다. 써늘한 무게 때문에 내 두통이 비켜설 기력도 없다. 나는 견디면서 여왕봉처럼 수동적인 맵시를 꾸며 보인다. 나는 기왕이 주춧돌 밑에서 평생이 원한(怨恨)이거니와 신부의 생애를 침식하는 내 음삼한 손찌거미를 불개아미와 함께 잊어버리지는 않는다. 그래서 신부는 그날그날 까무러치거나 웅봉(雄蜂)처럼 죽고 죽고 한다. 두통은 영원히 비켜서는 수가 없다.

절벽

꽃이 보이지 않는다. 꽃이 향기롭다. 향기가 만개한다. 나는 거기 묘혈을 판다. 묘혈도 보이지 않는다. 보이지 않는 묘혈 속에 나는 들어앉는다. 나는 눕는다. 또 꽃이 향기롭다. 꽃은 보이지 않는다. 향기가 만개한다. 나는 잊어버리고 재차 거기 묘혈을 판다. 묘혈은 보이지 않는다. 보이지 않는 묘혈로 나는 꽃을 깜빡 잊어버리고 들어간다. 나는 정말 눕는다. 아아, 꽃이 또 향기롭다. 보이지도 않는 꽃이—보이지도 않는 꽃이.

백주

내 두루마기 깃에 달린 정조 뺏지를 내어 보였더니 들어가도 좋다고 그런다. 들어가도 좋다던 여인이 바로 제게 좀 선명한 정조가 있으니 어떠냔다. 나더러 세상에서 얼마짜리 화폐 노릇을 하는 세음이냐는 뜻이다. 나는 일부러 다홍 헝겊을 흔들었더니 요조(窈窕)하다던 정조가 성을 낸다. 그리고는 칠면조처럼 쩔쩔맨다.

문벌(門閥)

분총(墳塚)에 계신 백골까지가 내게 혈청의 원가상환을 강청(强請)하고 있다. 천하에 달이 밝아서 나는 오들오들 떨면서 도처에서 들킨다. 당신의 인감(印鑑)이 이미 실효(失效)된 지 오랜 줄은 꿈에도 생각하지 않으시나요—하고 나는 의젓이 대꾸를 해야겠는데 나는 이렇게 싫은 결산의 함수를 내 몸에 지닌 내 도장처럼 쉽사리 끌러버릴 수가 참 없다.

금제

내가 치던 개[狗]는 튼튼하대서 모조리 실험동물로 공양되고 그 중에서 비타민E를 지닌 개는 학구(學究)의 미급과 생물다운 질투로 해서 박사에게 흠씬 얻어맞는다. 하고 싶은 말을 개 짖듯 배앝아 놓던 세월은 숨었다. 의과대학 허전한 마당에 우뚝 서서 나는 필사로 금제(禁制)를 앓는[患]다. 논문에 출석한 억울한 촉루에는 천고(千古)에 씨명(氏名)이 없는 법이다.

추구

아내를 즐겁게 할 조건들이 틈입하지 못하도록 나는 창호를 닫고 밤낮으로 꿈자리가 사나와서 가위를 눌린다. 어둠 속에서 무슨 내음새의 꼬리를 체포하여 단서로 내 집 내 미답(未踏)의 흔적을 추구한다. 아내는 외출에서 돌아오면 방에 들어서기 전에 세수를 한다. 닮아 온 여러 벌 표정을 벗어버리는 추행이다. 나는 드디어 한 조각 독한 비누를 발견하고 그것을 내 허위 뒤에다 살짝 감춰버렸다. 그리고 이번 꿈자리를 예기(豫期)한다.

명경

여기 한 페이지 거울이 있으니
잊은 계절에서는
얹은머리가 폭포처럼 내리우고

울어도 젖지 않고
맞대고 웃어도 휘지 않고
장미처럼 착착 접힌
귀
들여다보아도 들여다보아도
조용한 세상이 맑기만 하고
코로는 피로한 향기가 오지 않는다.

만적만적하는 대로 수심(愁心)이 평행하는
부러 그러는 것 같은 거절(拒絕)
우(右)편으로 옮겨 앉은 심장일망정 고동이
없으란 법 없으니

설마 그러랴? 어디 촉진(觸診)…

하고 손이 갈 때 지문이 지문을
가로막으며
선뜩하는 차단뿐이다.

오월이면 하루 한 번이고
열 번이고 외출하고 싶어하더니

나갔던 길에 안 돌아오는 수도 있는 법
거울이 책장 같으면 한 장 넘겨서
맞섰던 계절을 만나련만
여기 있는 한 페이지
거울은 페이지의 그냥 표지(表紙)－

침몰

죽고 싶은 마음이 칼을 찾는다. 칼은 날이 접혀서 펴지지 않으니 날을 노호(怒號)하는 초조가 절벽에 끊치려든다. 억지로 이것을 안에 떠밀어 놓고 또 간곡히 참으면 어느 결에 날이 어디를 건드렸나보다. 내출혈이 뻑뻑해 온다. 그러나 피부에 상채기를 얻을 길이 없으니 악령 나갈 문이 없다. 갇힌 자수(自殊)로 하여 체중은 점점 무겁다.

화로

방 거죽에 극한(極寒)이 와 닿았다. 극한이 방 속을 넘본다. 방 안은 견딘다. 나는 독서의 뜻과 함께 힘이 든다. 화로(火爐)를 꽉 쥐고 집의 집중을 잡아땡기면 유리창이 움푹해지면서 극한이 혹처럼 방을 누른다. 참다 못 하여 화로는 식고 차갑기 때문에 나는 적당스러운 방 안에서 쩔쩔맨다. 어느 바다에 조수가 미나 보다. 잘 다져진 방바닥에서 어머니가 생기고 어머니는 내 아픈 데에서 화로를 떼어가지고 부엌으로 나가신다. 나는 겨우 폭동(暴動)을 기억하는데 내게서는 억지로 가지가 돋는다. 두 팔을 벌리고 유리창을 가로막으면 빨래 방망이가 내 등의 더러운 침상을 뚜들긴다. 극한을 걸커미는 어머니－기적이다. 기침약처럼 따끈따끈한 화로를 한 아름 담아가지고 내 체온 위에 올라서면 독서는 겁이 나서 곤두박질을 친다.

아침

캄캄한 공기를 마시면 폐에 해롭다. 폐벽에 끄름이 앉는다. 밤새도록 나는 몸살을 앓는다. 밤은 참 많기도 하더라. 실어 내가기도 하고 실어 들여오기도 하고 하다가 잊어버리고 새벽이 된다. 폐에도 아침이 켜진다. 밤사이에 무엇이 없어졌나 살펴본다. 습관이 도로 와 있다. 다만 내 치사(侈奢)한 책이 여러 장 찢겼다. 초췌한 결론 위에 아침 햇살이 자세히 적힌다. 영원히 그코 없는 밤은 오지 않을 듯이.

가정

문을 암만 잡아다녀도 안 열리는 것은 안에 생활이 모자라는 까닭이다. 밤이 사나운 꾸지람으로 나를 조른다. 나는 우리 집 내 문패 앞에서 여간 성가신 게 아니다. 나는 밤 속에 들어서서 제웅처럼 자꾸만 멸해 간다. 식구야 봉한 창호 어디라도 한구석 터놓아다고 내가 수입(收入)되어 들어가야 하지 않나. 지붕에 서리가 내리고 뾰족한 데는 침(鍼)처럼 월광이 묻었다. 우리 집이 앓나 보다. 그리고 누가 힘에 겨운 도장을 찍나 보다. 수명(壽命)을 헐어서 전당 잡히나 보다. 나는 그냥 문고리에 쇠사슬 늘어지듯 매어 달렸다. 문을 열려고 안 열리는 문을 열려고.

역단(易斷)

그이는 백지 위에다 연필로 한 사람의 운명을 흐릿하게 초(草)를 잡아 놓았다. 이렇게 홀홀한가. 돈과 과거를 거기다가 놓아두고 잡 답 속으로 몸을 기입하여 본다. 그러나 거기는 타인과 약속된 악수가 있을 뿐, 다행히 공란(空欄)을 입어 보면 장광(長廣)도 맞지 않고 안 들인다. 어떤 빈 터전을 찾아가서 실컷 잠자코 있어 본다. 배가 아파 들어온다. 고(苦)로운 발음을 다 삼켜버린 까닭이다. 간사한 문서를 때려주고 또 멱살을 잡고 끌고 와 보면 그이도 돈도 없어지고 피곤한 과거가 멀거니 앉아 있다. 여기다 좌석을 두어서는 안 된다고 그 사람은 이로 위치를 파헤쳐 놓는다. 비켜서는 악식(惡息)에 허망과 복수를 느낀다. 그이는 앉은 자리에서 그 사람이 평생을 살아보는 것을 보고는 살짝 달아나버렸다.

행로

기침이 난다. 공기 속에 공기를 힘들여 배앝아 놓는다. 답답하게 걸어가는 길이 내 스토오리요 기침해서 찍는 구두(句讀)를 심심한 공기가 주물러서 삭여버린다. 나는 한 장이나 걸어서 철로를 건너지를 적에 그때 누가 내 경로(經路)를 디디는 이가 있다. 아픈 것이 비수(匕首)에 베어지면서 철로와 열십자로 어울린다. 나는 무너지느라고 기침을 떨어뜨린다. 웃음소리가 요란하게 나더니 자조(自嘲)하는 표정 위에 독한 잉크가 끼얹힌다. 기침은 사념 위에 그냥 주저앉아서 떠든다. 기가 탁 막힌다.

정식

1

해저에 가라앉는 한 개 닻처럼 소도(小刀)가 그 구간(軀幹)속에 멸형(滅形)하여 버리더라 완전히 닳아 없어졌을 때 완전히 사망한 한 개 소도가 위치에 유기(遺棄)되어 있더라.

2

나와 그 알지 못할 험상궂은 사람과 나란히 앉아 뒤를 보고 있으면 기상은 몰수되어 없고 선조(先朝)가 느끼던 시사(時事)의 증거가 최후의 철의 성질로 두 사람의 교제를 금하고 있고 가졌던 농담의 마지막 순서를 내어버리는 이 정돈(停頓)한 암흑 가운데의 분발(奮發)은 참 비밀이다 그러나 오직 그 알지 못할 험상궂은 사람은 나의 이런 노력의 기색을 어떻게 살펴 알았는지 그 때문에 그 사람이 아무것도 모른다 하여 나는 또 그 때문에 억지로 근심하여야 하고 지상 맨 끝 정리(整理)인데도 깨끗이 마음 놓기 참 어렵다.

3

웃을 수 있는 시간을 가진 표본 두개골(頭蓋骨)에 근육(筋肉)이 없다.

4

너는 누구냐 그러나 문 밖에 와서 문을 두드리며 문을 열라고 외치니 나를 찾는 일심(一心)이 아니고 또 내가 너를 도무지 모른다고 한들 나는 차마 그대로 내어버려 둘 수는 없어서 문을 열어주려 하나 문은 안으로만 고리가 걸린 것이 아니라 밖으로도 너는 모르게 잠겨 있으니 안에서만 열어주면 무엇을 하느냐 너는 누구기에 구태여 닫힌 문 앞에 탄생하였느냐.

5

키가 크고 유쾌한 수목이 키 작은 자식을 낳았다 궤조(軌條)가 평편한 곳에 풍매(風媒) 식물의 종자가 떨어지지만 냉담한 배척이 한결같아 관목은 초엽(草葉)으로 쇄약하고 초엽은 하향하고 그 밑에서 청사(青蛇)는 점점 수척하여 가고 땀이 흐르고 머지않은 곳에는 수은(水銀)이 흔들리고 숨어 흐르는 수맥(水脈)에 말뚝박는 소리가 들렸다.

6

시계가 뻐꾸기처럼 뻐꾹거리길래 쳐다보니 목조(木造) 뻐꾸기 하나가 와서 모으로 앉는다 그럼 저게 울었을리도 없고 제법 울까 싶지도 못하고 그럼 아까 운 뻐꾸기는 날아갔나.

지비(紙碑)

내 키는 커서 다리는 길고 왼 다리 아프고 아내 키는 작아서 다리는 짧고 바른 다리가 아프니 내 바른 다리와 아내 왼 다리와 성한 다리끼리 한 사람처럼 걸어가면 아아 이 부부는 부축할 수 없는 절름발이가 되어 버린다 무사한 세상이 병원이고 꼭 치료를 기다리는 무병(無病)이 끝끝내 있다.

지비(紙碑)

1

아내는 아침이면 외출한다 그날에 해당한 한 남자를 속이려 가는 것이다 순서야 바뀌어도 하루에 한 남자 이상은 대우하지 않는다고 아내는 말한다 오늘이야말로 정말 돌아오지 않으려나 보다 하고 내가 완전히 절망하고 나면 화장은 있고 인상은 없는 얼굴로 아내는 형용(形容)처럼 간단히 돌아온다 나는 물어보면 아내는 모두 솔직히 이야기한다 나는 아내의 일기에 만일 아내가 나를 속이려들었을 때 함직한 속기(速記)를 남편 된 자격 밖에서 민첩하게 대서(代書)한다.

2

아내는 정말 조류(鳥類)였던가 보다 아내가 그렇게 수척하고 가벼워졌는데도 날으지 못한 것은 그 손가락에 낑기웠던 반지 때문이다 오후에는 늘 분을 바를 때 벽 한 겹 걸러서 나는 조롱(鳥籠)을 느낀다 얼마 안 가서 없어질 때까지 그 파르스레한 주둥이로 한 번도 쌀알을 쪼으려 들지 않았다 또 가끔 미닫이를 열고 창공을 쳐다보면서도 고운 목소리로 지저귀려들지 않았다. 아내는 날을 줄과 죽을 줄이나 알았지 지상에 발자국을 남기지 않았다 비밀한 발은 늘 버선 신고 남에게 안 보이다가 어느 날 정말 아내는 없어졌다 그제야 처음 방 안에 조분(鳥糞) 내음새가 풍기고 날개 퍼덕이던 상처가 도배 위에 은근하다 흐트러진 깃 부스러기를 쓸어 모으면서 나는 세상에도 이상스러운 것을 얻었다 산탄(散彈) 아아 아내는 조류이면서 염체 닻과 같은 쇠를 삼켰더라 그리고 주저앉았었더라 산탄은 녹슬었고 솜털 내음새도 나고 천 근 무게더라 아아.

3

이 방에는 문패가 없다 개는 이번에는 저쪽을 향하여 짖는다 조소와 같이 아내의 벗어 놓은 버선이 나 같은 공복(空腹)을 표정하면서 곧 걸어갈 것 같다 나는 이 방을 첩첩이 닫치고 출타한다 그제야 개는 이쪽을 향하여 마지막으로 슬프게 짖는다.

소영위제(素榮爲題)

1

달빛 속에 있는 네 얼굴 앞에서 내 얼굴은 한 장 얇은 피부가 되어 너를 칭찬하는 내 말씀이 발음하지 아니하고 미닫이를 간질이는 한숨처럼 동백꽃밭 내음새 지니고 있는 네 머리털 속으로 기어들면서 모 심듯이 내 설움을 하나하나 심어 가네나.

2

진흙밭 헤매일 적에 네 구두 뒤축이 눌러 놓는 자국에 비 내려 가득 괴었으니 이는 온갖 네 거짓말 네 농담에 한없이 고단한 이 설움을 곡으로 울기 전에 따에 놓아 하늘에 부어 놓는 내 억울한 술잔 네 발자국이 진흙밭을 헤매이며 헤뜨려 놓음이냐.

3

달빛이 내 등에 묻은 거적 자국에 앉으면 내 그림자에는 실고추 같은 피가 아물거리고 대신 혈관에는 달빛에 놀래인 냉수가 방울방울 젖기로니 너는 내 벽돌을

씹어 삼킨 원통하게 배고파 이지러진 헝겊 심장을 들
여다보면서 어항이라 하느냐.

거울

거울속에는소리가없소
저렇게까지조용한세상은참없을것이오

거울속에도내게귀가있소
내말을못알아듣는딱한귀가두개나있소

거울속의나는왼손잡이요
내악수를받을줄모르는—악수를모르는왼손잡이요

거울때문에나는거울속의나를만져보지를못하는구료마는
거울이아니었던들내가어찌거울속의나를만나보기만이라도했겠소

나는지금거울을안가졌소마는거울속에는늘거울속의내가있소
잘은모르지만외로된사업에골몰할께요

거울속의나는참나와는반대요마는
또꽤닮았소
나는거울속의나를근심하고진찰할수없으니퍽섭섭
하오.

이런 시

역사를 하노라고 땅을 파다가 커다란 돌을 하나 끄집어내어 놓고 보니 도무지 어디서인가 본 듯한 생각이 들게 모양이 생겼는데 목도들이 그것을 메고 나가더니 어디다 갖다 버리고 온 모양이길래 쫓아나가 보니 위험하기 짝이 없는 큰길가더라.
그날 밤에 한 소나기 하였으니 필시 그 돌이 깨끗이 씻겼을 터인데 그 이튿날 가보니까 변괴로다 간데온데 없더라. 어떤 돌이 와서 그 돌을 업어 갔을까 나는 참 이런 처량한 생각에서 아래와 같은 작문을 지었도다.
"내가 그다지 사랑하던 그대여 내 한평생에 차마 그대를 잊을 수 없소이다. 내 차례에 못 올 사랑인 줄은 알면서도 나 혼자는 꾸준히 생각하리다. 자 그러면 내내 어여쁘소서"
어떤 돌이 내 얼굴을 물끄러미 치어다보는 것만 같아서 이런 시(詩)는 그만 찢어버리고 싶더라.

꽃나무

벌판 한복판에 꽃나무 하나가 있소
근처에는 꽃나무가 하나도 없소
꽃나무는 제가 생각하는 꽃나무를 열심히 생각하는 것
처럼 열심히 꽃을 피워가지고 섰소
꽃나무는 제가 생각하는 꽃나무에게 갈 수 없소
나는 막 달아났소
한 꽃나무를 위하여 그러는 것처럼
나는 참 그런 이상스런 흉내를 내었소

날개

'박제(剝製)가 되어 버린 천재'를 아시오? 나는 유쾌하오. 이런 때 연애까지가 유쾌하오.

육신이 흐느적흐느적하도록 피로했을 때만 정신이 은화(銀貨)처럼 맑소. 니코틴이 내 횟배 앓는 뱃속으로 스미면 머릿속에 으레 백지가 준비되는 법이오. 그 위에다 나는 위트와 파라독스를 바둑 포석처럼 늘어놓았소. 가증할 상식의 병이오.

나는 또 여인과 생활을 설계하오. 연애 기법에마저 서먹서먹해진, 지성의 극치를 흘깃 좀 들여다본 일이 있는, 말하자면 일종의 정신분일자(精神奔逸者) 말이오. 이런 여인의 반(半)—그것은 온갖 것의 반이오—만을 영수(領收)하는 생활을 설계한다는 말이오. 그런 생활 속에 한발만 들여놓고 흡사 두 개의 태양처럼 마주 쳐다보면서 낄낄거리는 것이오. 나는 아마 어지간히 인생의 제행(諸行)이 싱거워서 견딜 수가 없게끔 되고 그만둔 모양이오. 굿바이.

굿바이. 그대는 이따금 그대가 제일 싫어하는 음식을 탐식(貪食)하는 아이러니를 실천해 보는 것도 좋을 것 같소. 위트와 파라독스와…

그대 자신을 위조(僞造)하는 것도 할 만한 일이오. 그대의 작품은 한 번도 본 일이 없는 기성품에 의하여 차라리 경편(輕便)하고 고매(高邁)하리다.

19세기는 될 수 있거든 봉쇄하여 버리오. 도스토예프스키 정신이란 자칫하면 낭비일 것 같소. 위고를 불란서의 빵 한조각이라고는 누가 그랬는지 지언(至言)인 듯싶소. 그러나 인생, 혹은 그 모형에 있어서 디테일 때문에 속는다거나 해서야 되겠소? 화(禍)를 보지 마오. 부디 그대께 고(告)하는 것이니…

(테이프가 끊어지면 피가 나오. 상채기도 머지않아 완치될 줄 믿소. 굿바이)

감정은 어떤 포우즈(그 포우즈의 원소(元素)만을 지적하는 것이 아닌지 나도 모르겠소).

그 포우즈가 부동자세에까지 고도화할 때 감정은 딱 공급을 정지합네다.

나는 내 비범한 발육을 회고하여 세상을 보는 안목을 규정하였소.

여왕봉과 미망인—세상의 허고 많은 여인의 본질적으로 이미 미망인 아닌 이가 있으리까? 아니! 여인의 전부가 그 일상에 있어서 개개 '미망인'이라는 내 논리가 뜻밖에도 여성에 대한 모독이 되오? 굿바이.

그 33번지라는 것이 구조가 흡사 유곽이라는 느낌이 없지 않다.

한 번지에 18가구가 죽—어깨를 맞대고 늘어서서 창호가 똑같고 아궁지 모양이 똑같다. 게다가 각 가구에 사는 사람들이 송이송이 꽃과 같이 젊다.

해가 들지 않는다. 해가 뜨는 것을 그들이 모른 체하는 까닭이다. 턱살 밑에다 철줄을 매고 얼룩진 이부자리를 널어 말린다는 핑계로 미닫이에 해가 드는 것을 막아버린다. 침침한 방안에서 낮잠들을 잔다. 그들은 밤에는 잠을 자지 않나? 알 수 없다. 나는 밤이나 낮이나 잠만 자느라고 그런 것은 알 길이 없다. 33번지 18가구의 낮은 참 조용하다.

조용한 것은 낮뿐이다. 어둑어둑하면 그들은 이부자

리를 걷어 들인다. 전등불이 켜진 뒤의 18가구는 낮보다 훨씬 화려하다. 저물도록 미닫이 여닫는 소리가 잦다. 바빠진다. 여러 가지 내음새가 나기 시작한다. 비웃 굽는 내, 탕고도오랑 내, 뜨물 내, 비눗내…

그러나 이런 것들보다도 그들의 문패가 제일로 고개를 끄덕이게 하는 것이다.

이 18가구를 대표하는 대문이라는 것이 일각이 져서 외따로 떨어지기는 했으나 있다. 그러나 그것은 한번도 닫힌 일이 없는 한길이나 마찬가지 대문인 것이다. 온갖 장사아치들은 하루 가운데 어느 시간에라도 이 대문을 통하여 드나들 수가 있는 것이다. 이네들은 문간에서 두부를 사는 것이 아니라 미닫이만 열고 방에서 두부를 사는 것이다. 그렇게 생긴 33번지 대문에 그들 18가구의 문패를 몰아다 붙이는 것은 의미가 없다. 그들은 어느 사이엔가 각 미닫이 위 백인당(百忍堂)이니 길상당(吉祥堂)이니 써 붙인 한곁에다 문패를 붙이는 풍속을 가져버렸다.

내 방 미닫이 위 한곁에 칼표 딱지를 넷에다 낸 것만한 내-아니! 내 아내의 명함이 붙어 있는 것도 이 풍속을 좇은 것이 아닐 수 없다.

나는 그러나 그들의 아무와도 놀지 않는다. 놀지 않을 뿐만 아니라 인사도 않는다. 나는 내 아내와 인사하는 외에 누구와도 인사하고 싶지 않았다.

내 아내 외에 다른 사람과 인사를 하거나 놀거나 하는 것은 내 아내 낯을 보아 좋지 않은 일인 것만 같이 생각이 들었기 때문이다. 나는 이만큼까지 소중히 생각한 것이다.

내가 이렇게까지 내 아내를 소중히 생각한 까닭은 이 33번지 18가구 가운데서 내 아내가 내 아내의 명함처럼 제일 작고 제일 아름다운 것을 안 까닭이다. 18가구에 각기 빌어 들은 송이송이 꽃들 가운데서도 내 아내는 특히 아름다운 한 떨기의 꽃으로 이 함석지붕 밑 볕 안 드는 지역에서 어디까지든지 찬란하였다. 따라서 그런 한 떨기 꽃을 지키고―아니 그 꽃에 매어달려 사는 나라는 존재가 도무지 형언할 수 없는 거북스러운 존재가 아닐 수 없었던 것은 물론이다.

나는 어디까지든지 내 방이―집이 아니다. 집은 없다―마음에 들었다. 방 안의 기온은 내 체온을 위하여 쾌적하였고 방 안의 침침한 정도가 또한 내 안력을 위하여 쾌적하였다. 나는 내 방 이상의 서늘한 방도 또 따뜻한 방도 희망하지는 않았다. 이 이상으로 밝거나 이 이상으로 아늑한 방은 원하지 않았다. 내 방은 나 하나를 위하여 요만한 정도를 꾸준히 지키는 것 같아 늘 내 방에 감사하였고 나는 또 이런 방을 위하여 이 세상에 태어난 것만 같아서 즐거웠다.

그러나 이것은 행복이라든가 불행이라든가 하는 것을 계산하는 것은 아니었다. 말하자면 나는 내가 행복되다고도 생각할 필요가 없었고 그렇다고 불행하다고도 생각할 필요가 없었다. 그냥 그날그날을 그저 까닭 없이 펀둥펀둥 게으르고만 있으면 만사는 그만이었던 것이다.

내 몸과 마음에 옷처럼 잘 맞는 방 속에서 뒹굴면서 축 처져 있는 것은 행복이니 불행이니 하는 그런 세속적인 계산을 떠난 가장 편리하고 안일한, 말하자면 절대적인 상태인 것이다. 나는 이런 상태가 좋았다.

이 절대적인 내 방은 대문간에서 세어서 똑-일곱째 칸이다. 럭키세븐의 뜻이 없지 않다. 나는 이 일곱이라는 숫자를 훈장처럼 사랑하였다. 이런 이 방이 가운데 장지로 말미암아 두 칸으로 나뉘어 있었다는 그것이 내 운명의 상징이었던 것을 누가 알랴?

아랫방은 그래도 해가 든다. 아침결에 책보만한 해가 들었다가 오후에 손수건만해지면서 나가버린다. 해가 영영 들지 않는 웃방이 즉, 내 방인 것은 말할 것도 없다. 이렇게 볕드는 방이 아내 방이요, 볕 안 드는 방이 내 방이요 하고 아내와 나 둘 중에 누가 정했는지 나는 기억하지 못한다. 그러나 나에게는 불평이 없다.

아내가 외출만 하면 얼른 아랫방으로 와서 그 동쪽으로 난 들창을 열어놓고, 열어놓으면 들이비치는 햇살이 아내의 화장대를 비쳐 가지각색 병들이 아롱이지면서 찬란하게 빛나고, 이렇게 빛나는 것을 보는 것은 다시없는 내 오락이다. 나는 쪼꼬만 '돋보기'를 꺼내가지고 아내만이 사용하는 지리가미를 끄실려 가면서 불장난을 하고 논다. 평행광선을 굴절시켜서 한 초점에 모아가지고 고 초점이 따끈따끈해지다가 마지막에는 종이를 끄실르기 시작하고 가느다란 연기를 내이면서 드디어 구멍을 뚫어놓는 데까지에 이르는, 고 얼마 안 되는 동안의 초조한 맛이 죽고 싶을 만치 내게는 재미있었다.

이 장난이 싫증이 나면 나는 또 아내의 손잡이 거울

을 가지고 여러 가지로 논다. 거울이란 제 얼굴을 비칠 때만 실용품이다. 그 외의 경우에는 도무지 장난감인 것이다.

이 장난도 곧 싫증이 난다. 나의 유희심은 육체적인 데서 정신적인 데로 비약한다. 나는 거울을 내던지고 아내의 화장대 앞으로 가까이 가서 나란히 늘어 놓인 고 가지각색의 화장품 병들을 들여다본다. 고것들은 세상의 무엇보다도 매력적이다. 나는 그 중의 하나만을 골라서 가만히 마개를 빼고 병 구멍을 내 코에 가져다 대이고 숨죽이듯이 가벼운 호흡을 하여 본다. 이국적인 센슈얼한 향기가 폐로 스며들면 나는 저절로 스르르 감기는 내 눈을 느낀다. 확실히 아내의 체취(體臭)의 파편이다.

나는 도로 병마개를 막고 생각해 본다. 아내의 어느 부분에서 요 냄새가 났던가를… 그러나 그것은 분명치 않다. 왜? 아내의 체취는 여기 늘어섰는 가지각색 향기의 합계일 것이니까.

아내의 방은 늘 화려하였다. 내 방이 벽에 못 한 개 꽂히지 않은 소박한 것인 반대로, 아내 방에는 천장

밑으로 짝 돌려 못이 박히고, 못마다 화려한 아내의 치마와 저고리가 걸렸다. 여러 가지 무늬가 보기 좋다. 나는 그 여러 조각의 치마에서 늘 아내의 동(胴)체와 그 동체가 될 수 있는 여러 가지 포우즈를 연상하고 연상하면서 내 마음은 늘 점잖지 못하다.

그렇건만 나에게는 옷이 없었다. 아내는 내게는 옷을 주지 않았다. 입고 있는 골덴 양복 한 벌이 내 자리옷이었고 통상복과 나들이옷을 겸한 것이었다. 그리고 하이넥의 스웨터가 한 조각 사철을 통한 내 내의다. 그것들은 하나같이 다 빛이 검다.

그것은 내 짐작 같아서는 즉 빨래를 될 수 있는 데까지 하지 않아도 보기 싫지 않도록 하기 위한 것이 아닌가 한다.

나는 허리와 두 가랑이 세 군데 다—고무 밴드가 끼여 있는 부드러운 사루마다를 입고 그리고 아무 소리 없이 잘 놀았다.

어느덧 손수건만해졌던 볕이 나갔는데 아내는 외출에서 돌아오지 않는다. 나는 요만 일에도 좀 피곤하였고 또 아내가 돌아오기 전에 내 방으로 가 있어야 될 것을 생각하고 그만 내 방으로 건너간다. 내 방은 침침하다. 나는 이불을 뒤집어쓰고 낮잠을 잔다. 한 번도 걷은 일이 없는 내 이부자리는 내 몸뚱이의 일부분처럼 내게는 참 반갑다. 잠은 잘 오는 적도 있다. 그러나 또 전신이 까칫까칫하면서 영 잠이 오지 않는 적도 있다. 그런 때는 아무 제목으로나 제목을 하나 골라서 연구하였다. 나는 내 좀 축축한 이불 속에서 참 여러 가지 발명도 하였고 논문도 많이 썼다. 시도 많이 지었다. 그러나 그것들은 내가 잠이 드는 것과 동시에 내 방에 담겨서 철철 넘치는 그 흐늑흐늑한 공기에 다 —비누처럼 풀어져서 온 데 간 데가 없고 한잠 자고 깨인 나는 속이 무명 헝겊이나 메밀껍질로 띵띵찬 한 덩어리 베개와도 같은 한 벌 신경이었을 뿐이고 하였다.

그러기에 나는 빈대가 무엇보다도 싫었다. 그러나 내 방에서는 겨울에도 몇 마리씩의 빈대가 끊이지 않고 나왔다. 내게 근심이 있었다면 오직 이 빈대를 미워하는 근심일 것이다. 나는 빈대에게 물려서 가려운 자리를 피가 나도록 긁었다. 쓰라리다. 그것은 그윽한 쾌감에 틀림없었다. 나는 혼곤히 잠이 든다.

나는 그러나 그런 이불 속의 사색생활에서도 적극

적인 것을 궁리하는 법이 없다. 내게는 그럴 필요가 대체 없었다. 만일 내가 그런 좀 적극적인 것을 궁리해내었을 경우에 나는 반드시 네 아내와 의논하여야 할 것이고, 그러면 반드시 나는 아내에게 꾸지람을 들을 것이고-나는 꾸지람이 무서웠다느니보다는 성가셨다. 내가 제법 한 사람의 사회인의 자격으로 일을 해보는 것도 아내에게 사설 듣는 것도 나는 가장 게으른 동물처럼 게으른 것이 좋았다. 될 수만 있으면 이 무의미한 인간의 탈을 벗어버리고도 싶었다.

나에게는 인간사회가 스스러웠다. 생활이 스스러웠다. 모두가 서먹서먹할 뿐이었다.

아내는 하루에 두 번 세수를 한다.

나는 하루 한 번도 세수를 하지 않는다.

나는 밤중 세 시나 네 시 해서 변소에 갔다. 달이 밝은 밤에는 한참씩 마당에 우두커니 섰다가 들어오곤 한다. 그러니까 나는 이 18가구의 아무와도 얼굴이 마주치는 일이 거의 없다. 그러면서도 나는 이 18가구의 젊은 여인네 얼굴들을 거반 다 기억하고 있었다. 그들은 하나같이 내 아내만 못하였다.

열한 시쯤 해서 아내의 첫 번 세수는 좀 간단하다. 그러나 저녁 일곱 시쯤 해서 하는 두 번째 세수는 손이 많이 간다. 아내는 낮에보다도 밤에 더 좋고 깨끗한 옷을 입는다. 그리고 낮에도 외출하고 밤에도 외출하였다.

아내에게 직업이 있었던가? 나는 아내의 직업이 무엇인지 알 수 없다. 만일 아내에게 직업이 없었다면, 같이 직업이 없는 나처럼 외출할 필요가 생기지 않을 것인데—아내는 외출한다. 외출할 뿐만 아니라 내객이 많다. 아내에게 내객이 많은 날은 나는 온종일 내 방에서 이불을 쓰고 누워 있어야만 된다.

불장난도 못한다. 화장품 내음새도 못 맡는다. 그런 날은 나는 의식적으로 우울해하였다. 그러면 아내는 나에게 돈을 준다. 오십전짜리 은화다. 나는 그것이 좋았다. 그러나 그것을 무엇에 써야 옳을지 몰라서 늘 머리맡에 던져두고 두고 한 것이 어느 결에 모여서 꽤 많아졌다. 어느 날 이것을 본 아내는 금고처럼 생긴 벙어리를 사다 준다. 나는 한 푼씩 한 푼씩 고 속에 넣고 열쇠는 아내가 가져갔다. 그 후에도 나는 더러 은화를 그 벙어리에 넣은 것을 기억한다. 그리고 나는 게을렀다. 얼마 후 아내의 머리 쪽에 보지 못하던 누깔잠이 하나 여드름처럼 돋았던 것은 바로 그 금고형 벙어리의 무게가 가벼워졌다는 증거일까. 그러나 나는 드디어 머리맡에 놓였던 그 벙어리에 손을 대지 않고 말았다. 내 게으름은 그런 것에 내 주의를 환기시키기도 싫었다.

아내에게 내객이 있는 날은 이불 속으로 암만 깊이 들어가도 비오는 날만큼 잠이 잘 오지 않았다. 나는 그런 때 아내에게는 왜 늘 돈이 있나, 왜 돈이 많은가를 연구했다.

내객들은 장지 저쪽에 내가 있는 것을 모르나 보다. 내 아내와 나도 좀 하기 어려운 농을 아주 서슴지 않고 쉽게 해 던지는 것이다. 그러나 내 아내를 찾은 서너 사람의 내객들은 늘 비교적 점잖았다고 볼 수 있는 것이, 자정이 좀 지나면 으레 돌아들 갔다. 그들 가운데는 퍽 교양이 얕은 자도 있는 듯싶었는데, 그런 자는 보통 음식을 사다 먹고 논다. 그래서 보충을 하고 대체로 무사하였다.

나는 우선 내 아내의 직업이 무엇인가를 연구하기

에 착수하였으나 좁은 시야와 부족한 지식으로는 이것을 알아내기 힘이 든다. 나는 끝끝내 내 아내의 직업이 무엇인가를 모르고 말려나 보다.

아내는 늘 진솔 버선만 신었다. 아내는 밥도 지었다. 아내가 밥 짓는 것을 나는 한 번도 구경한 일은 없으나 언제든지 끼니때면 내 방으로 내 조석밥을 날라다 주는 것이다. 우리 집에는 나와 내 아내 외의 다른 사람은 아무도 없다. 이 밥은 분명 아내가 손수 지었음에 틀림없다.

그러나 아내는 한 번도 나를 자기 방으로 부른 일이 없다.

나는 늘 웃방에서 나 혼자서 밥을 먹고 잠을 잤다. 밥은 너무 맛이 없었다. 반찬이 너무 엉성하였다.

나는 닭이나 강아지처럼 말없이 주는 모이를 넙죽넙죽 받아먹기는 했으나 내심 야속하게 생각한 적도 더러 없지 않다. 나는 안색이 여지없이 창백해가면서 말라들어갔다. 나날이 눈에 보이듯이 기운이 줄어들어 갔다. 영양 부족으로 하여 몸뚱이 곳곳의 뼈가 불쑥불쑥 내밀었다. 하룻밤 사이에도 수십 차를 돌쳐 눕지 않고는 여기저기가 배겨서 나는 배겨내일 수가 없었다.

그렇기 때문에 나는 내 이불 속에서 아내가 늘 흔히 쓸 수 있는 저 돈의 출처를 탐색해 보는 일변 장지 틈으로 새어나오는 아랫방의 음식은 무엇일까를 간단히 연구하였다. 나는 잠이 잘 안 왔다.

깨달았다. 아내가 쓰는 그 돈은 그 내게는 다만 실없는 사람들로밖에 보이지 않는 까닭모를 내객들이 놓고 가는 것이 틀림없으리라는 것을 나는 깨달았다.

그러나 왜 그들 내객은 돈을 놓고 가나? 왜 내 아내는 그 돈을 받아야 되나? 하는 예의(禮義) 관념이 내게는 도무지 알 수 없는 것이었다.

그것은 그저 예의에 지나지 않는 것일까? 그렇지 않으면 혹 무슨 대가일까? 보수일까? 내 아내가 그들의 눈에는 동정을 받아야만 할 한 가엾은 인물로 보였던가?

이런 것들을 생각하노라면 으레 내 머리는 그냥 혼란하여 버리고 버리고 하였다. 잠들기 전에 획득했다는 결론이 오직 불쾌하다는 것뿐이었으면서도 나는 그런 것을 아내에게 물어보거나 한 일이 참 한 번도 없다. 그것은 대체 귀찮기도 하려니와 한잠 자고 일어나는 나는 사뭇 딴 사람처럼 이것도 저것도 다 깨끗이 잊어버리고 그만두는 까닭이다.

내객들이 돌아가고, 혹 밤 외출에서 돌아오고 하면 아내는 경편한 것으로 옷을 바꾸어 입고 내 방으로 나를 찾아온다. 그리고 이불을 들치고 내 귀에는 영 생동생동한 몇 마디 말로 나를 위로하려 든다. 나는 조소(嘲笑)도 고소(苦笑)도 홍소(哄笑)도 아닌 웃음을 얼굴에 띠우고 아내의 아름다운 얼굴을 쳐다본다. 아내는 방그레 웃는다. 그러나 그 얼굴에 떠도는 일말의 애수를 나는 놓치지 않는다.

아내는 능히 내가 배고파하는 것을 눈치 챌 것이다. 그러나 아랫방에서 먹고 남은 음식을 나에게 주려들지는 않는다. 그것은 어디까지든지 나를 존경하는 마음일 것임에 틀림없다. 나는 배가 고프면서도 저으기 마음이 든든한 것을 좋아했다. 아내가 무엇이라고 지껄이고 갔는지 귀에 남아 있을 리가 없다. 다만, 내 머리맡에 아내가 놓고 간 은화가 전등불에 흐릿하게 빛나고 있을 뿐이다.

고 금고형 벙어리 속에 고 은화가 얼마큼이나 모였을까. 나는 그러나 그것을 쳐들어보지 않았다. 그저 아무런 의욕도 기원도 없이 그 단추구멍처럼 생긴 틈바구니로 은화를 들여뜨려 둘 뿐이었다.

왜 아내의 내객들이 아내에게 돈을 놓고 가나 하는 것이 풀 수 없는 의문인 것같이, 왜 아내는 나에게 돈을 놓고 가나 하는 것도 역시 나에게는 똑같이 풀 수 없는 의문이었다. 내 비록 아내가 내게 돈을 놓고 가는 것이 싫지 않았다 하더라도 그것은 다만 고것이 내 손가락에 닿는 순간에서부터 고 벙어리 주둥이에서 자취를 감추기까지의 하잘것없는 짧은 촉각이 좋았달 뿐이지 그 이상 아무 기쁨도 없다.

어느 날 나는 고 벙어리를 변소에 갖다 넣어버렸다. 그때 벙어리 속에는 몇 푼이나 되는지는 모르겠으나 고 은화들이 꽤 들어 있었다.

나는 내가 지구 위에 살며 내가 이렇게 살고 있는 지구가 질풍신뢰의 속력으로 광대무변의 공간을 달리고 있다는 것을 생각했을 때 참 허망하였다. 나는 이렇게 부지런한 지구 위에서는 현기증도 날 것 같고 해서 한시바삐 내려버리고 싶었다.

이불 속에서 이런 생각을 하고 난 뒤에는 나는 고

은화를 고 벙어리에 넣고 넣고 하는 것조차도 귀찮아졌다. 나는 아내가 손수 벙어리를 사용하였으면 하고 희망하였다. 벙어리도 돈도 사실에는 아내에게만 필요한 것이지 내게는 애초부터 의미가 전연 없는 것이었으니까 될 수만 있으면 그 벙어리를 아내는 아내 방으로 가져갔으면 하고 기다렸다. 그러나 아내는 가져가지 않는다. 나는 내가 아내 방으로 가져다 둘까 하고 생각하여 보았으나 그 즈음에는 아내의 내객이 워낙 많아서 내가 아내 방에 가볼 기회가 도무지 없었다. 그래서 나는 하는 수 없이 변소에 갖다 집어넣어버리고 만 것이다.

나는 서글픈 마음으로 아내의 꾸지람을 기다렸다. 그러나 아내는 끝내 아무 말도 나에게 묻지도 하지도 않았다. 않았을 뿐 아니라 여전히 돈은 돈대로 내 머리맡에 놓고 가지 않나? 내 머리맡에는 어느덧 은화가 꽤 많이 모였다.

내객이 아내에게 돈을 놓고 가는 것이나 아내가 내게 돈을 놓고 가는 것이나 일종의 쾌감—그 외의 다른 아무런 이유도 없는 것이 아닐까 하는 것을 나는 또 이불 속에서 연구하기 시작하였다. 그러나 그것은 이불 속의 연구로는 알 길이 없었다. 쾌감, 쾌감 하고 나는 뜻밖에도 이 문제에 대해서만 흥미를 느꼈다.

아내는 물론 나를 늘 감금하여 두다시피 하여 왔다. 내게 불평이 있을 리 없다. 그런 중에도 나는 그 쾌감이라는 것의 유무를 체험하고 싶었다.

나는 아내의 밤 외출 틈을 타서 밖으로 나왔다. 나는 거리에서 잊어비리지 않고 가지고 나온 은화를 지폐로 바꾼다. 오원이나 된다. 그것을 주머니에 넣고, 나는 목적지를 잃어버리기 위하여 얼마든지 거리를 쏘다녔다. 오래간만에 보는 거리는 거의 경이에 가까울 만치 내 신경을 흥분시키지 않고는 마지 않았다. 나는 금시에 피곤하여버렸다. 그러나 나는 참았다. 그리고 밤이 이슥하도록 까닭을 잊어버린 채 이 거리 저 거리로 지향 없이 헤매었다. 돈은 물론 한 푼도 쓰지 않았다. 돈을 쓸 아무 엄두도 나서지 않았다. 나는 벌써 돈을 쓰는 기능을 완전히 상실한 것 같았다.

나는 과연 피로를 이 이상 견디기가 어려웠다. 나는 가까스로 내 집을 찾았다. 나는 내 방을 가려면 아내 방을 통과하지 아니 하면 안 될 것을 알고, 아내에게 내객이 있나 없나를 걱정하면서 미닫이 앞에서 좀 거북살스러운 기침을 한 번 했더니, 이것은 참 또 너무도 암상스럽게 미닫이가 열리면서 아내의 얼굴과 그 등 뒤에 낯설은 남자의 얼굴이 이쪽을 내다보는 것이다. 나는 별안간 내어쏟아지는 불빛에 눈이 부셔서 좀 머뭇머뭇했다.

나는 아내의 눈초리를 못 본 것은 아니다. 그러나 나는 모른 체하는 수밖에 없었다. 왜? 나는 어쨌든 아내의 방을 통과하지 아니 하면 안 되니까…

나는 이불을 뒤집어썼다. 무엇보다도 다리가 아파서 견딜 수가 없었다.

이불 속에서는 가슴이 울렁거리면서 암만해도 까무러칠 것만 같았다. 걸을 때는 몰랐더니 숨이 차다. 등에 식은땀이 쭉 내배인다. 나는 외출한 것을 후회하였다. 이런 피로를 잊고 어서 잠이 들었으면 좋았다. 한참 잘-자고 싶었다.

얼마 동안이나 비스듬히 엎드려 있었더니 차츰차츰 뚝딱거리는 가슴 동계가 가라앉는다. 그만해도 우선 살 것 같았다. 나는 몸을 돌쳐 반듯이 천장을 향하여

눕고 쭉-다리를 뻗었다.

그러나 나는 또다시 가슴의 동계를 피할 수 없게 되었다. 아랫방에서 아내와 그 남자의 내 귀에도 들리지 않을 만치 낮은 목소리로 소곤거리는 기척이 장지 틈으로 전하여왔던 것이다. 청각을 더 예민하게 하기 위하여 나는 눈을 떴다. 그리고 숨을 죽였다. 그러나 그 때는 벌써 아내와 남자는 앉았던 자리를 툭툭 털고 일어섰고 일어서면서 옷과 모자 쓰는 기척이 나는 듯하더니 이어 미닫이가 열리고 구두 뒤축 소리가 나고 그리고 뜰에 내려서는 소리가 쿵하고 나면서 뒤를 따르는 아내의 고무신 소리가 두어 발자국 찍찍 나고 사뿐사뿐 나나 하는 사이에 두 사람의 발소리가 대문간 쪽으로 사라졌다.

나는 아내의 이런 태도를 본 일이 없다. 아내는 어떤 사람과도 결코 소곤거리는 법이 없다. 나는 윗방에서 이불을 쓰고 누웠는 동안에도 혹 술에 취해서 혀가 잘 돌아가지 않는 내객들의 담화는 더러 놓치는 수가 있어도 아내의 높지도 낮지도 않은 말소리는 일찍이 한마디 놓쳐 본 일이 없다. 더러 내 귀에 거슬리는 소리가 있어도 나는 그것이 태연한 목소리로 내 귀에 들렸다는 이유로 충분히 안심이 되었다.

그렇던 아내의 이런 태도는 필시 그 속에 여간하지 않은 사정이 있는 듯싶이 생각이 되고 내 마음은 좀 서운했으나 그러나 그보다도 나는 좀 너무 피곤해서 오늘만은 이불 속에서 아무것도 연구하지 않기로 굳게 결심하고 잠을 기다렸다. 잠은 좀처럼 오지 않았다. 대문간에 나간 아내도 좀처럼 들어오지 않았다. 그러는 동안에 흐지부지 나는 잠이 들어버렸다. 꿈이 얼쑹덜쑹 종을 잡을 수 없는 거리의 풍경을 여전히 헤맸다.

나는 몹시 흔들렸다. 내객을 보내고 들어온 아내가 잠든 나를 잡아 흔드는 것이다. 나는 눈을 번쩍 뜨고 아내의 얼굴을 쳐다보았다. 아내의 얼굴에는 웃음이 없었다. 나는 좀 눈을 비비고 아내의 얼굴을 자세히 보았다. 노기가 눈초리에 떠서 얇은 입술이 바르르 떨린다. 좀처럼 이 노기가 풀리기는 어려울 것 같았다. 나는 그대로 눈을 감아버렸다. 벼락이 내리기를 기다린 것이다. 그러나 쌔근하는 숨소리가 나면서 부스스 아내의 치맛자락 소리가 나고 장지가 여닫히며 아내는 아내 방으로 들어갔다. 나는 다시 몸을 돌쳐 이불을 뒤집어쓰고는 개구리처럼 엎드리고 엎드려서 배가 고픈 가운데에도 오늘밤의 외출을 또한번 후회하였다.

나는 이불 속에서 아내에게 사죄하였다. 그것은 네 오해라고…

나는 사실 밤이 퍽으나 이슥한 줄만 알았던 것이다. 그것이 네 말마따나 자정 전인 줄은 나는 정말이지 꿈에 몰랐다. 나는 너무 피곤하였었다. 오래간만에 나는 너무 많이 걸은 것이 잘못이다.

내 잘못이라면 잘못은 그것밖에 없다. 외출은 왜 하였느냐고?

나는 그 머리맡에 저절로 모인 오원 돈을 아무에게라도 주어보고 싶었던 것이다. 그뿐이다. 그러나 그것도 내 잘못이라면 나는 그렇게 알겠다. 나는 후회하고 있지 않나?

내가 그 오원 돈을 써버릴 수가 있었던들 나는 자정 안에 집에 돌아올 수 없었을 것이다. 그러나 거리는 너무 복잡하였고 사람은 너무도 들끓었다. 나는 어느 사람을 붙들고 그 오원 돈을 내주어야 할지 갈피를 잡을 수가 없었다. 그러는 동안에 나는 여지없이 피곤해 버리고 말았던 것이다.

나는 무엇보다도 좀 쉬고 싶었다. 눕고 싶었다. 그래서 나는 하는 수 없이 집으로 돌아온 것이다. 내 짐작 같아서는 밤이 어지간히 늦은 줄만 알았는데, 그것이 불행히도 자정 전이었다는 것은 참 안된 일이다. 미안한 일이다. 나는 얼마든지 사죄하여도 좋다. 그러나 종시 아내의 오해를 풀지 못하였다 하면 내가 이렇게까지 사죄하는 보람은 그럼 어디 있나? 한심하였다.

한 시간 동안을 나는 이렇게 초조하게 굴지 않으면 안 되었다. 나는 이불을 홱 젖혀버리고 일어나서 장지를 열고 아내 방으로 비칠비칠 달려갔던 것이다. 내게는 거의 의식이라는 것이 없었다. 나는 아내 이불 위에 엎드려지면서 바지 포켓 속에서 그 돈 오원을 꺼내 아내 손에 쥐어준 것을 간신히 기억할 뿐이다.

이튿날 잠이 깨었을 때 나는 내 아내 방 아내 이불 속에 있었다. 이것이 이 33번지에서 살기 시작한 이래 내가 아내 방에서 잔 맨 처음이었다.

해가 들창에 훨씬 높았는데 아내는 이미 외출하고, 벌써 내 곁에 있지는 않다. 아니! 아내는 엊저녁 내가 의식을 잃은 동안에 외출한 것인지도 모른다.

그러나 나는 그런 것을 조사하고 싶지 않았다. 다만,

전신이 찌뿌드드한 것이 손가락 하나 꼼짝할 힘조차 없었다. 책보보다 좀 작은 면적의 볕이 눈이 부시다. 그 속에서 수없는 먼지가 흡사 미생물처럼 난무한다. 코가 콱 막히는 것 같다. 나는 다시 눈을 감고 이불을 푹 뒤집어쓰고 낮잠을 자기에 착수하였다. 그러나 코를 스치는 아내의 체취는 꽤 도발적이었다. 나는 몸을 여러 번 여러 번 비비꼬면서 아내의 화장대에 늘어선 고 가지각색 화장품 병들의 마개를 뽑았을 때 풍기는 내음새를 더듬느라고 좀처럼 잠이 들지 않는 것을 나는 어찌하는 수도 없었다.

견디다 못하여 나는 그만 이불을 걷어차고 벌떡 일어나서 내 방으로 갔다. 내 방에는 다 식어빠진 내 끼니가 가지런히 놓여있는 것이다. 아내는 내 모이를 여기다 주고 나간 것이다. 나는 우선 배가 고팠다. 한 숟갈을 입에 떠넣었을 때 그 촉감은 참 너무도 냉회와 같이 싸늘하였다. 나는 숟갈을 놓고 내 이불 속으로 들어갔다. 하룻밤을 비었던 내 이부자리는 여전히 반갑게 나를 맞아준다. 나는 내 이불을 뒤집어쓰고 이번에는 참 늘어지게 한잠 잤다. 잘-

내가 잠을 깬 것은 전등이 켜진 뒤다. 그러나 아내는 아직 돌아오지 않았나 보다. 아니! 들어왔다 또 나갔는지도 알 수 없다. 그러나 그런 것을 상고하여 무엇하나?

정신이 한결 난다. 나는 지난 밤 일을 생각해 보았다. 그 돈 오원을 아내 손에 쥐어주고 넘어졌을 때에 느낄 수 있었던 쾌감을 나는 무엇이라고 설명할 수가 없었다. 그러니 내객들이 내 아내에게 돈 놓고 가는 심리며 내 아내가 내게 돈 놓고 가는 심리의 비밀을 나는 알아낸 것 같아서 여간 즐거운 것이 아니다.

나는 속으로 빙그레 웃어 보았다.

이런 것을 모르고 오늘까지 지내온 내 자신이 어떻게 우스꽝스러워 보이는지 몰랐다. 나는 어깨춤이 났다.

따라서 나는 또 오늘밤에도 외출하고 싶었다. 그러나 돈이 없다. 나는 또 엊저녁에 그 돈 오원을 한꺼번에 아내에게 주어버린 것을 후회하였다. 또 고 벙어리를 변소에 갖다 처넣어버린 것도 후회하였다. 나는 실없이 실망하면서 습관처럼 그 돈 오원이 들어있던 내 바지 포켓에 손을 넣어 한 번 휘둘러보았다. 뜻밖에도 내 손에 쥐어지는 것이 있었다. 이원밖에 없다. 그러나 많아야 맛은 아니다. 얼마간이고 있으면 된다. 나는 그만한 것이 여간 고마운 것이 아니었다.

나는 기운을 얻었다. 나는 그 단벌 다 떨어진 골덴 양복을 걸치고 배고픈 것도 주제 사나운 것도 다 잊어버리고 활개짓을 하면서 또 거리로 나섰다. 나서면서 나는 제발 시간이 화살 닫듯 해서 자정이 어서 홱 지나버렸으면 하고 조바심을 태웠다. 아내에게 돈을 주고 아내 방에서 자보는 것은 어디까지든지 좋았지만, 만일 잘못해서 자정 전에 집에 들어갔다가 아내의 눈총을 맞는 것은 그것은 여간 무서운 일이 아니었다.

나는 저무도록 길가 시계를 들여다보고 들여다보고 하면서 또 지향 없이 거리를 방황하였다. 그러나 이날은 좀처럼 피곤하지는 않았다. 다만 시간이 좀 너무 더디게 가는 것만 같아서 안타까웠다.

경성역 시계가 확실히 자정을 지난 것을 본 뒤에 나는 집을 향하였다. 그날은 그 일각 대문에서 아내와 아내의 남자가 이야기하고 섰는 것을 만났다. 나는 모른 체하고 두 사람 곁을 지나서 내 방으로 들어갔다. 뒤이어 아내도 들어왔다. 와서는 이 밤중에 평생 안하던 쓰레질을 하는 것이다. 조금 있다가 아내는 눕는 기척을 엿듣자마자 나는 또 장지를 열고 아내 방으로 가서 그 돈 이원을 아내 손에 덥석 쥐어주고 그리고-하여간 그 이원을 오늘밤에도 쓰지 않고 도로 가져온 것이 참 이상하다는 듯이 아내는 내 얼굴을 몇 번이고 엿보고-아내는 드디어 아무 말도 없이 나를 자기 방에 재워주었다. 나는 이 기쁨을 세상의 무엇과도 바꾸고 싶지는 않았다. 나는 편히 잘 잤다.

이튿날도 내가 잠을 깨었을 때는 아내는 보이지 않았다. 나는 또 내 방으로 가서 피곤한 몸으로 낮잠을 잤다.

내가 아내에게 흔들려 깨었을 때는 역시 불이 들어온 뒤였다. 아내는 자기 방으로 나를 오라는 것이다. 이런 일은 또 처음이다. 아내는 끊임없이 얼굴에 미소를 띠우고 내 팔을 이끄는 것이다. 나는 이런 아내의 태도 이면에 엔간치 않은 음모가 숨어있지나 않은가 하고 적이 불안을 느끼지 않을 수 없었다.

나는 아내의 하자는 대로 아내의 방으로 끌려갔다. 아내 방에는 저녁밥상이 조촐하게 차려져있는 것이다. 생각하여 보면 나는 이틀을 굶었다. 나는 지금 배고픈

것까지도 긴가민가 잊어버리고 어름어름하던 차다.

나는 생각하였다. 이 최후의 만찬을 먹고 나자마자 벼락이 내려도 나는 차라리 후회하지 않을 것을. 사실 나는 인간세상이 너무나 심심해서 못 견디겠던 차다. 모든 일이 성가시고 귀찮았으나 그러나 불의의 재난이라는 것은 즐거웁다.

나는 마음을 턱 놓고 조용히 아내와 마주 이 해괴한 저녁밥을 먹었다.

우리 부부는 이야기하는 법이 없었다. 밥을 먹은 뒤에도 나는 말이 없이 그냥 부스스 일어나서 내 방으로 건너가 버렸다. 아내는 나를 붙잡지 않았다. 나는 벽에 기대어 담배를 한 대 피워 물고 그리고 벼락이 떨어질 테거든 어서 떨어져라 하고 기다렸다.

오 분! 십 분!

그러나 벼락은 내리지 않았다. 긴장이 차츰 풀어지기 시작한다. 나는 어느덧 오늘밤에도 외출할 것을 생각하고 돈이 있었으면 하고 생각하고 있었다.

그러나 돈은 확실히 없다. 오늘은 외출하여도 나중에 올 무슨 기쁨이 있나. 내 앞이 그냥 캄캄하였다. 나는 화가 나서 이불을 뒤집어쓰고 이리 뒹굴 저리 뒹굴

굴렀다. 금시 먹은 밥이 목으로 자꾸 치밀어 올라온다. 메스꺼웠다.

하늘에서 얼마라도 좋으니 왜 지폐가 소낙비처럼 퍼붓지 않나. 그것이 그저 한없이 야속하고 슬펐다.

나는 이렇게밖에 돈을 구하는 아무런 방법도 알지는 못했다. 나는 이불 속에서 좀 울었나 보다. 돈이 왜 없느냐면서…

그랬더니 아내가 또 내 방에를 왔다. 나는 깜짝 놀라 아마 이제서야 벼락이 내리려나 보다 하고 숨을 죽이고 두꺼비 모양으로 엎드려 있었다. 그러나 떨어진 입을 새어나오는 아내의 말소리는 참 부드러웠다. 정다웠다. 아내는 내가 왜 우는지를 안다는 것이다. 돈이 없어서 그러는 게 아니난다. 나는 실없이 깜짝 놀랐다. 어떻게 저렇게 사람의 속을 환-하게 들여다보는고 해서 나는 한편으로 슬그머니 겁도 안 나는 것은 아니었으나 저렇게 말하는 것을 보면 아마 내게 돈을 줄 생각이 있나보다. 만일 그렇다면 오죽이나 좋은 일일까. 나는 이불 속에 뚤뚤 말린 채 고개도 들지 않고 아내의 다음 거동을 기다리고 있으니까, 옜소 하고 내 머리맡에 내려뜨리는 것은 그 가뿐한 음향으로 보아 지폐임에 틀림없었다. 그리고 내 귀에다 대고 오늘을랑 어제보다도 좀더 늦게 들어와도 좋다고 속삭이는 것이다. 그것은 어렵지 않다. 우선 그 돈이 무엇보다도 고맙고 반가웠다.

어쨌든 나섰다. 나는 좀 야맹증이다. 그래서 될 수 있는 대로 밝은 거리로 골라서 돌아다니기로 했다. 그리고는 경성역 일 이등 대합실 한 곁 티이루움에를 들렀다. 그것은 내게는 큰 발견이었다.

거기는 우선 아무도 아는 사람이 안 온다. 설사 왔다가도 곧들 가니까 좋다. 나는 날마다 여기 와서 시간을 보내리라 속으로 생각하여 두었다.

제일 여기 시계가 어느 시계보다도 정확하리라는 것이 좋았다. 섣불리 서투른 시계를 보고 그것을 믿고 시간 전에 집에 돌아갔다가 큰코를 다쳐서는 안 된다.

나는 한 복스에 아무것도 없는 것과 마주앉아서 잘 끓은 커피를 마셨다. 총총한 가운데 여객들은 그래도 한잔 커피가 즐거운가 보다. 얼른얼른 마시고 무얼 좀 생각하는 것같이 담벼락도 좀 쳐다보고 하다가 곧 나가버린다. 서글프다. 그러나 내게는 이 서글픈 분위기가 거리의 티이루움들의 그 거추장스러운 분위기보다는 진실하고 마음에 들었다. 이따금 들리는 날카로운, 혹은 우렁찬 기적소리가 모차르트보다도 더 가깝다. 나는 메뉴에 적힌 몇 가지 안 되는 음식 이름을 치읽고 내리읽고 여러 번 읽었다. 그것들은 아물아물한 것이 어딘가 내 어렸을 때 동무들 이름과 비슷한 데가 있었다.

거기서 얼마나 내가 오래 앉았는지 정신이 오락가락하는 중에 객이 슬며시 뜸해지면서 이 구석 저 구석 걷어치우기 시작하는 것을 보면 아마 닫을 시간이 된 모양이다. 열한 시가 좀 지났구나, 여기도 결코 내 안주의 곳은 아니구나, 어디 가서 자정을 넘길까, 두루 걱정을 하면서 나는 밖으로 나섰다. 비가 온다. 빗발이 제법 굵은 것이 우비도 우산도 없는 나를 고생시킬 작정이다. 그렇다고 이런 괴이한 풍모를 차리고 이 홀에서 어물어물하는 수도 없고 에이 비를 맞으면 맞았지 하고 나는 그냥 나서버렸다.

대단히 선선해서 견딜 수가 없다. 골덴옷이 젖기 시작하더니 나중에는 속속들이 스며들면서 추근거린다. 비를 맞아가면서라도 견딜 수 있는 데까지 거리를 돌아다녀서 시간을 보내려 하였으나, 이제는 선선해서 이 이상은 견딜 수가 없다. 오한이 자꾸 일어나면서 이가 딱딱 맞부딪는다.

나는 걸음을 재치면서 생각하였다. 오늘 같은 궂은 날도 아내에게 내객이 있을라구? 없겠지, 하는 생각이 드는 것이다.

집으로 가야겠다. 아내에게 불행히 내객이 있거든 내 사정을 하리라. 사정을 하면 이렇게 비가 오는 것을 눈으로 보고 알아주겠지.

부리나케 와보니까, 그러나 아내에게는 내객이 있었다. 나는 너무 춥고 척척해서 얼떨김에 노크하는 것을 잊었다. 그래서 나는 아내가 보면 좀 덜 좋아할 것을 그만 보았다.

나는 감발자국 같은 발자국을 내면서 덤벙덤벙 아내 방을 디디고 내 방으로 가서 쭉 빠진 옷을 활활 벗어버리고 이불을 뒤썼다. 덜덜덜덜 떨린다. 오한이 점점 더 심해 들어온다. 여전히 땅이 꺼져 들어가는 것만 같았다. 나는 그만 의식을 잃어버리고 말았다.

이튿날 내가 눈을 떴을 때 아내는 내 머리맡에 앉아서 제법 근심스러운 얼굴이다. 나는 감기가 들었다. 여전히 으시시 춥고 또 골치가 아프고 입에 군침이 도는 것이 씁쓸하면서 다리 팔이 척 늘어져서 노곤하다.

아내는 내 머리를 쓱 짚어보더니 약을 먹어야지 한다. 아내 손이 이마에 선뜩한 것을 보면 선열이 어지간한 모양인데 약을 먹는다면 해열제를 먹어야지 하고 속 생각을 하자니까 아내는 따뜻한 물에 하얀 정제약 네 개를 준다. 이것을 먹고 한잠 푹 자고나면 괜찮다는 것이다. 나는 널름 받아먹었다. 쌉싸름한 것이 짐작 같아서는 아마 아스피린인가 싶다. 나는 다시 이불을 쓰고 단번에 그냥 죽은 것처럼 잠이 들어버렸다.

나는 콧물을 훌쩍훌쩍하면서 여러 날을 앓았다. 앓는 동안에 끊이지 않고 그 정제약을 먹었다. 그러는 동안에 감기도 나았다.

그러나 입맛은 여전히 소태처럼 썼다.

나는 차츰 또 외출하고 싶은 생각이 났다. 그러나 아내는 나더러 외출하지 말라고 이르는 것이다. 이 약을 날마다 먹고 그리고 가만히 누워있으라는 것이다. 공연히 외출을 하다가 이렇게 감기가 들어서 저를 고생시키는 게 아니냔다. 그도 그렇다. 그럼 외출을 하지 않겠다고 맹세하고 그 약을 연복하여 몸을 좀 보해 보리라고 나는 생각하였다.

나는 날마다 이불을 뒤집어쓰고 밤이나 낮이나 잤다. 유난스럽게 밤이나 낮이나 졸려서 견딜 수가 없는 것이다. 나는 이렇게 잠이 자꾸만 오는 것은 내가 몸이 훨씬 튼튼해진 증거라고 굳게 믿었다.

나는 아마 한 달이나 이렇게 지냈나보다. 내 머리와 수염이 좀 너무 자라서 후툿해서 견딜 수가 없어서 내 거울을 좀 보리라고 아내가 외출한 틈을 타서 나는 아내 방으로 가서 아내의 화장대 앞에 앉아 보았다. 상당하다. 수염과 머리가 참 산란하였다.

오늘은 이발을 좀 하리라고 생각하고 겸사겸사 고 화장품 병들 마개를 뽑고 이것저것 맡아 보았다. 한동안 잊어버렸던 향기 가운데서는 몸이 배배 꼬일 것 같은 체취가 전해 나왔다. 나는 아내의 이름을 속으로만 한 번 불러보았다. '연심(蓮心)이—' 하고…

오래간만에 돋보기 장난도 하였다. 거울 장난도 하였다. 창에 든 볕이 여간 따뜻한 것이 아니었다. 생각하면 오월이 아니냐.

나는 커다랗게 기지개를 한 번 켜보고 아내 베개를 내려 베고 벌떡 자빠져서는 이렇게도 편안하고 즐거운 세월을 하느님께 흠씬 자랑하여 주고 싶었다. 나는 참 세상의 아무것과도 교섭을 가지지 않는다. 하느님도 아마 나를 칭찬할 수도 처벌할 수도 없는 것 같다.

그러나 다음 순간 실로 세상에도 이상스러운 것이 눈에 띄었다. 그것은 최면약 아달린 갑이었다. 나는 그것을 아내의 화장대 밑에서 발견하고 그것이 흡사 아스피린처럼 생겼다고 느꼈다. 나는 그것을 열어보았다. 똑 네 개가 비었다.

나는 오늘 아침에 네 개의 아스피린을 먹은 것을 기억하고 있었다. 나는 잤다. 어제도 그제도 그끄제도… 나는 졸려서 견딜 수가 없었다. 나는 감기가 다 나았는데도 아내는 내게 아스피린을 주었다. 내가 잠이 든 동안에 이웃에 불이 난 일이 있다. 그때에도 나는 자느라고 몰랐다. 이렇게 나는 잤다. 나는 아스피린으로 알고 그렇게 한 달 동안을 두고 아달린을 먹어 온 것이다. 이것은 좀 너무 심하다.

별안간 아뜩하더니 하마터라면 나는 까무러칠 뻔하였다. 나는 그 아달린을 주머니에 넣고 집을 나섰다. 그리고 산을 찾아 올라갔다. 인간세상의 아무것도 보기가 싫었던 것이다. 걸으면서 나는 아무쪼록 아내에

관계되는 일은 생각하지 않도록 노력하였다. 길에서 까무러치기 쉬우니까다. 나는 어디라도 양지가 바른 자리를 하나 골라 자리를 잡아가지고 서서히 아내에 관하여서 연구할 작정이었다. 나는 길가에 줄창 핀, 구경도 못한 진개나리꽃, 종달새, 돌멩이도 새끼를 까는 이야기, 이런 것만 생각하였다. 다행히도 길가에서 나는 졸도하지 않았다.

거기는 벤치가 있었다. 나는 거기 정좌하고 그리고 그 아스피린과 아달린에 관하여 연구하였다. 그러나 머리가 도무지 혼란하여 생각이 체계를 이루지 않는다. 단 오 분이 못가서 나는 그만 귀찮은 생각이 번쩍 들면서 심술이 났다. 나는 주머니에서 가지고 온 아달린을 꺼내 남은 여섯 개를 한꺼번에 질겅질겅 씹어 먹어버렸다. 맛이 익살맞다. 그리고나서 나는 그 벤치 위에 가로 기다랗게 누웠다. 무슨 생각으로 내가 그따위 짓을 했나? 알 수가 없다. 그저 그러고 싶었다. 나는 게서 그냥 깊이 잠이 들었다. 잠결에도 바위틈으로 흐르는 물소리가 졸졸 하고 언제까지나 귀에 어렴풋이 들려왔다.

내가 잠을 깨었을 때는 날이 환히 밝은 뒤다. 나는

거기서 일주야를 잔 것이다. 풍경이 그냥 노오랗게 보인다. 그 속에서도 나는 번개처럼 아스피린과 아달린이 생각났다.

아스피린, 아달린, 아스피린, 아달린, 마르크스, 말사스, 마도로스, 아스피린, 아달린…

아내는 한 달 동안 아달린을 아스피린이라고 속이고 내게 먹였다. 그것은 아내 방에서 아달린 갑이 발견된 것으로 미루어 증거가 너무나 확실하다.

무슨 목적으로 아내는 나를 밤이나 낮이나 재웠어야 됐나? 나를 밤이나 낮이나 재워 놓고, 그리고 아내는 내가 자는 동안에 무슨 짓을 했나?

나를 조금씩 조금씩 죽이려던 것일까?

그러나 또 생각하여 보면 내가 한 달을 두고 먹어온 것은 아스피린이었는지도 모른다. 아내는 무슨 근심되는 일이 있어서 밤이면 잠이 잘 오지 않아서 정작 아내가 아달린을 사용한 것이나 아닌지, 그렇다면 나는 참 미안하다. 나는 아내에게 이렇게 큰 의혹을 가졌다는 것이 참 안됐다.

나는 그래서 부리나케 거기서 내려왔다. 아랫도리가 홰홰 내어저이면서 어찔어찔한 것을 나는 겨우 집을 향하여 걸었다. 여덟시 가까이였다.

나는 내 잘못된 생각을 죄다 일러바치고 아내에게 사죄하려는 것이다. 나는 너무 급해서 그만 또 말을 잊어버렸다.

그랬더니 이건 참 너무 큰일 났다. 나는 내 눈으로는 절대로 보아서 안 될 것을 그만 딱 보아버리고 만 것이다.

나는 얼떨결에 그만 냉큼 미닫이를 닫고 그리고 현기증이 나는 것을 진정시키느라고 잠깐 고개를 숙이고 눈을 감고 기둥을 짚고 섰자니까 일초 여유도 없이 홱 미닫이가 다시 열리더니 매무새를 풀어헤친 아내가 불쑥 내밀면서 내 멱살을 잡는 것이다. 나는 그만 어지러워서 게가 그냥 나둥그러졌다. 그랬더니 아내는 넘어진 내 위에 덮치면서 내 살을 물어뜯는 것이다. 아파 죽겠다. 나는 사실 반항할 의사도, 힘도 없어서 그냥 넙죽 엎드려 있으면서 어떻게 되나 보고 있자니까, 뒤이어 남자가 나오는 것 같더니 아내를 한 아름에 덥썩 안아가지고 방으로 들어가는 것이다. 아내는 아무 말 없이 다소곳이 그렇게 안겨 들어가는 것이 내 눈에 여간 미운 것이 아니다. 밉다.

아내는 너 밤 새워 가면서 도둑질하러 다니느냐, 계집질하러 다니느냐고 발악이다. 이것은 참 너무 억울하다. 나는 어안이 벙벙하여 도무지 입이 벌어지지를 않았다.

너는 그야말로 나를 살해하려던 것이 아니냐고 소리를 한번 꽥 질러보고도 싶었으나, 그런 긴가민가한 소리를 섣불리 입 밖에 내었다가는 무슨 화를 볼는지 알 수 없다. 차라리 억울하지만 잠자코 있는 것이 우선 상책인 듯싶이 생각이 들길래, 나는 이것은 또 무슨 생각으로 그랬는지 모르지만 툭툭 털고 일어나서 내 바지 포켓 속에 남은 돈 몇 원 몇 십전을 가만히 꺼내서는 몰래 미닫이를 열고 살며시 문지방 밑에다 놓고 나서는, 나는 그냥 줄달음박질을 쳐서 나와버렸다.

여러 번 자동차에 치일 뻔하면서도 나는 그래도 경성역을 찾아갔다. 빈자리와 마주 앉아서 이 쓰디쓴 입맛을 거두기 위하여 무엇으로나 입가심을 하고 싶었다.

커피. 좋다. 그러나 경성역 홀에 한 걸음을 들여놓았을 때 나는 내 주머니에는 돈이 한 푼도 없는 것을 그것을 깜박 잊었던 것을 깨달았다. 또 아득하였다. 나는 어디선가 그저 맥없이 머뭇머뭇하면서 어쩔 줄을 모를 뿐이었다. 얼빠진 사람처럼 그저 이리 갔다 저리 갔다. 하면서…

나는 어디로 어디로 들입다 쏘다녔는지 하나도 모른다. 다만 몇 시간 후에 내가 미쓰꼬시 옥상에 있는 것을 깨달았을 때는 거의 대낮이었다.

나는 거기 아무 데나 주저앉아서 내 자라온 스물여섯 해를 회고하여 보았다. 몽롱한 기억 속에서는 이렇다는 아무 제목도 불그러져 나오지 않았다.

나는 또 내 자신에게 물어보았다. 너는 인생에 무슨 욕심이 있느냐고. 그러나 있다고도 없다고도 그런 대답은 하기가 싫었다. 나는 거의 나 자신의 존재를 인식하기조차도 어려웠다.

허리를 굽혀서 나는 그저 금붕어나 들여다보고 있었다. 금붕어는 참 잘들도 생겼다. 작은놈은 작은놈대로 큰놈은 큰놈대로 다 - 싱싱하니 보기 좋았다. 내리비치는 오월 햇살에 금붕어들은 그릇 바탕에 그림자를 내려뜨렸다. 지느러미는 하늘하늘 손수건을 흔드는 흉내를 낸다. 나는 이 지느러미 수효를 헤어보기도 하면서 굽힌 허리를 좀처럼 펴지 않았다. 등어리가 따뜻하다.

나는 또 오탁의 거리를 내려다보았다. 거기서는 피곤한 생활이 똑 금붕어 지느러미처럼 흐늑흐늑 허우적거렸다. 눈에 보이지 않는 끈적끈적한 줄에 엉켜서 헤어나지들을 못한다. 나는 피로와 공복 때문에 무너져 들어가는 몸뚱이를 끌고 그 오탁의 거리 속으로 섞여 들어가지 않는 수도 없다 생각하였다.

나서서 나는 또 문득 생각하여 보았다. 이 발길이 지금 어디로 향하여 가는 것인가를…

그때 내 눈 앞에는 아내의 모가지가 벼락처럼 내려 떨어졌다. 아스피린과 아달린.

우리들은 서로 오해하고 있느니라. 설마 아내가 아스피린 대신에 아달린의 정량을 나에게 먹여왔을까? 나는 그것을 믿을 수 없다. 아내가 대체 그럴 까닭이 없을 것이니, 그러면 나는 그날 밤을 새면서 도둑질을, 계집질을 하였나? 정말이지 아니다.

우리 부부는 숙명적으로 발이 맞지 않는 절름발이인 것이다. 내나 아내나 제 거동에 로직을 붙일 필요는 없다. 변해할 필요도 없다. 사실은 사실대로 오해는 오해대로 그저 끝없이 발을 절뚝거리면서 세상을 걸어가면 되는 것이다. 그렇지 않을까?

그러나 나는 이 발길이 아내에게로 돌아가야 옳은가 이것만은 분간하기가 좀 어려웠다. 가야 하나? 그럼 어디로 가나?

이때 뚜우 하고 정오 사이렌이 울었다. 사람들은 모두 네 활개를 펴고 닭처럼 푸드덕거리는 것 같고 온갖 유리와 강철과 대리석과 지폐와 잉크가 부글부글 끓고 수선을 떨고 하는 것 같은 찰나, 그야말로 현란을 극한 정오다.

나는 불현듯이 겨드랑이가 가렵다. 아하, 그것은 내 인공의 날개가 돋았던 자국이다. 오늘은 없는 이 날개, 머리속에서는 희망과 야심의 말소된 페이지가 딕셔너리 넘어가듯 번뜩였다.

나는 걷던 걸음을 멈추고 그리고 어디 한번 이렇게 외쳐보고 싶었다.

날개야 다시 돋아라.
날자. 날자. 날자. 한 번만 더 날자꾸나.
한 번만 더 날아보자꾸나.

(1936년)

봉별기(逢別記)

1

스물세 살이오—3월이오—각혈이다. 여섯 달 잘 기른 수염을 하루 면도칼로 다듬어 코밑에다만 나비만큼 남겨가지고 약 한 제 지어들고 B라는 신개지(新開地) 한적한 온천으로 갔다. 게서 나는 죽어도 좋았다.

그러나 이내 아직 기를 펴지 못한 청춘이 약탕관을 붙들고 늘어져서는 날 살리라고 보채는 것은 어찌하는 수가 없다. 여관 한등(寒燈) 아래 밤이면 나는 억울해 했다.

사흘을 못 참고 기어이 나는 여관 주인영감을 앞장세워 장고소리 나는 집으로 찾아갔다. 게서 만난 것이 금홍(錦紅)이다.

"몇 살인구?"

체대(體大)가 비록 풋고추만 하나 깡그라진 계집이 제법 맛이 맵다. 열여섯 살? 많아야 열아홉 살이지 하고 있자니까

"스물한 살이에요."

"그럼 내 나인 몇 살이나 돼 뵈지?"

"글쎄 마흔? 서른아홉?"

나는 그저 흥! 그래버렸다. 그리고 팔짱을 떡 끼고 앉아서는 더욱더욱 점잖은 체했다. 그냥 그날은 무사히 헤어졌건만—

이튿날 화우(畵友) K군이 왔다. 이 사람인즉 나와 농(弄)하는 친구다. 나는 어쩌는 수 없이 그 나비 같다면서 달고 다니던 코밑수염을 아주 밀어버렸다. 그리고 날이 저물기가 급하게 또 금홍이를 만나러 갔다.

"어디서 뵌 어른 같은데."

"엊저녁에 왔던 수염 난 양반, 내가 바루 아들이지. 목소리꺼지 닮었지?"

하고 익살을 부렸다. 주석이 어느덧 파하고 마당에 내려서다가 K군의 귀에 대이고 나는 이렇게 속삭였다.

"어때? 괜찮지? 자네 한번 얼러보게."

"관두게, 자네나 얼러보게."

"어쨌든 여관으로 껄구 가서 짱겡뽕을 해서 정허기루 허세나."

"거 좋지."

그랬는데 B군은 칙간에 가는 체하고 피해버렸기 때

문에 나는 부전승으로 금홍이를 이겼다. 그날 밤에 금홍이는 금홍이가 경산부(經産婦)라는 것을 감추지 않았다.

"언제?"

"열여섯 살에 머리 얹어서 열일곱 살에 낳았지."

"아들?"

"딸."

"어딨나?"

"돌 만에 죽었어."

지어가지고 온 약은 집어치우고 나는 금홍이를 사랑하는 데만 골몰했다. 못난 소린 듯하나 사랑의 힘으로 각혈이 다 멈췄으니까—

나는 금홍이에게 놀음채를 주지 않았다. 왜? 날마다 밤마다 금홍이가 내 방에 있거나 했기 때문에—

그 대신—

우(禹)라는 불란서 유학생의 유야랑(遊冶郎)을 나는 금홍이에게 권하였다. 금홍이는 내 말대로 우씨와 더불어 '독탕'에 들어갔다. 이 독탕이라는 것은 좀 음란한 설비였다. 나는 이 음란한 설비 문간에 나란히 벗어놓은 우씨와 금홍이 신발을 보고 언짢아하지 않았다.

나는 또 내 곁방에 와 묵고 있는 C라는 변호사에게도 금홍이를 권하였다. C는 내 열성에 감동되어 하는 수 없이 금홍이 방을 범했다.

그러나 사랑하는 금홍이는 늘 내 곁에 있었다. 그리고 우, C 등등에게서 받은 십원 지폐를 여러 장 꺼내 놓고 어리광 섞어 내게 자랑도 하는 것이었다.

그러자 나는 백부님 소상 때문에 귀경하지 않으면 안 되게 되었다. 복숭아꽃이 만발하고 정자 곁으로 석간수가 졸졸 흐르는 좋은 터전을 한군데 찾아가서 우리는 석별의 하루를 즐겼다. 정거장에서 나는 금홍이에게 십원 지폐 한 장을 쥐어주었다. 금홍이는 이것으로 전당잡힌 시계를 찾겠다고 그러면서 울었다.

2

금홍이가 내 아내가 되었으니까 우리 내외는 참 사랑했다. 서로 지나간 일은 묻지 않기로 하였다. 과거래야 내 과거가 무엇 있을 까닭이 없고 말하자면 내가 금홍이 과거를 묻지 않기로 한 약속이나 다름없다.

금홍이는 겨우 스물한 살인데 서른한 살 먹은 사람보다도 나았다. 서른한 살 먹은 사람보다도 나은 금홍이가 내 눈에는 열일곱 살 먹은 소녀로만 보이는 금홍이 눈에 마흔 살 먹은 사람으로 보인 나는 기실 스물세 살이요 게다가 주착이 좀 없어서 똑 여남은 살 먹은 아이 같다. 우리 내외는 이렇게 세상에도 없이 현란(絢爛)하고 아기자기하였다.

부질없는 세월이—일 년이 지나고 8월, 여름으로는 늦고 가을로는 이른 그 북새통에—금홍이에게는 예전 생활에 대한 향수가 왔다.

나는 밤이나 낮이나 누워 잠만 자니까 금홍이에게 대하여 심심하다. 그래서 금홍이는 밖에 나가 심심치 않은 사람들을 만나 심심치 않게 놀고 돌아오는—

즉, 금홍이의 협착한 생활이 금홍이의 향수를 향하여 발전하고 비약하기 시작하였다는 데 지나지 않는 이야기다.

그런데 이번에는 내게 자랑을 하지 않는다. 않을 뿐만 아니라 숨기는 것이다.

이것은 금홍이로서 금홍이답지 않은 일일밖에 없다. 숨길 것이 있나? 숨기지 않아도 좋지. 자랑을 해도 좋지.

나는 아무 말도 하지 않는다. 나는 금홍이 오락의 편의를 돕기 위하여 가끔 P군 집에 가 잤다. P군은 나를 불쌍하다고 그랬던가시피 지금 기억된다.

나는 또 이런 것을 생각하지 않았던 것도 아니다. 즉 남의 아내라는 것은 정조를 지켜야 하느니라고!

금홍이는 나를 나태(懶怠)한 생활에서 깨우치게 하기 위하여 우정 간음하였다고 나는 호의로 해석하고 싶다. 그러나 세상에 흔히 있는 아내다운 예의를 지키는 체해본 것은 금홍이로서 말하자면 천려(千慮)의 일실(一失)이 아닐 수 없다.

이런 실없는 정조를 간판삼자니까 자연 나는 외출이 잦았고 금홍이 사업에 편의를 돕기 위하여 내 방까지도 개방하여 주었다. 그러는 중에도 세월은 흐르는 법이다.

하루 나는 제목 없이 금홍이에게 몹시 얻어맞았다. 나는 아파서 울고 나가서 사흘을 들어오지 못했다. 너무도 금홍이가 무서웠다.

나흘 만에 와보니까 금홍이는 때 묻은 버선을 윗목에다 벗어놓고 나가버린 뒤였다.

이렇게도 못나게 홀아비가 된 내게 몇 사람의 친구가 금홍이에 관한 불미한 고십을 가지고 와서 나를 위로하는 것이었으나 종시 나는 그런 취미를 이해할 도리가 없었다.

버스를 타고 금홍이와 남자는 멀리 과천 관악산으로 가는 것을 보았다는데 정말 그렇다면 그 사람은 내가 쫓아가서 야단이나 칠까봐 무서워서 그런 모양이니까 퍽 겁쟁이다.

3

인간이라는 것은 임시 거부하기로 한 내 생활이 기억력이라는 민첩한 작용을 하지 않았기 때문에 두 달 후에는 나는 금홍이라는 성명 삼자까지도 말쑥하게 잊어버리고 말았다. 그런 두절된 세월 가운데 하루 길일(吉日)을 복(卜)하여 금홍이가 왕복엽서처럼 돌아왔다. 나는 그만 깜짝 놀랐다.

금홍이의 모양은 뜻밖에도 초췌하여 보이는 것이 참 슬펐다. 나는 꾸짖지 않고 맥주와 붕어과자와 장국밥을 사 먹여가면서 금홍이를 위로해 주었다. 그러나 금홍이는 좀처럼 화를 풀지 않고 울면서 나를 원망하는 것이었다. 할 수 없어서 나도 그만 울어버렸다.

"그렇지만 너무 늦었다. 그만해두 두 달 지간이나 되지 않니? 헤어지자. 응?"

"그럼 난 어떻게 되우, 응?"

"마땅헌데 있거든 가거라, 응."

"당신두 그럼 장가가나, 응?"

헤어지는 한에도 위로해 보낼지어다. 나는 이런 양식 아래 금홍이와 이별했더니라. 갈 때 금홍이는 선물로 내게 베개를 주고 갔다.

그런데 이 베개 말이다.

이 베개는 이인용이다. 싫대도 자꾸 떠맡기고 간 이 베개를 나는 두 주일 동안 혼자 베어보았다. 너무 길어서 안 됐다. 안 됐을 뿐 아니라 내 머리에서는 나지 않는 묘한 머릿기름 땟내 때문에 안면(安眠)이 저으기 방해된다.

나는 하루 금홍이에게 엽서를 띄웠다. '중병에 걸려 누웠으니 얼른 오라'고.

금홍이는 와서 보니까 참 딱했다. 이대로 두었다가는 역시 며칠이 못 가서 굶어죽을 것 같이만 보였던기보다. 두 팔을 부르걷고 그날부터 나가서 벌어다가 나를 먹여 살린다는 것이다.

"오우케이."

인간천국—그러나 날이 좀 추웠다. 그러나 나는 대

단히 안일하였기 때문에 재채기도 하지 않았다

이러기를 두 달? 아니 다섯 달이나 되나 보다. 금홍이는 홀연히 외출했다.

달포를 두고 금홍이 호움식을 기대하다가 진력이 나서 나는 기명집물(器皿什物)을 뚜들겨 팔아버리고 21년 만에 '집'으로 돌아갔다.

와보니 우리 집은 노쇠했다. 이어 불초 이상(李箱)은 이 노쇠한 가정을 아주 쑥밭을 만들어버렸다. 그 동안 이태 가량 어언간 나도 노쇠해버렸다. 나는 스물일곱 살이나 먹어버렸다.

천하의 여성은 다소간 매춘부의 요소를 품었느니라고 나 혼자는 굳이 신념한다. 그 대신 내가 매춘부에게 은화를 지불하면서도 한 번도 그네들을 매춘부라고 생각한 일이 없다. 이것은 내 금홍이와의 생활에서 얻은 체험만으로는 성립되지 않는 이론같이 생각되나 기실 내 진담이다.

4

나는 몇 편의 소설과 몇 줄의 시를 써서 내 쇠망해가는 심신 위에 치욕을 배가하였다. 이 이상 내가 이

땅에서의 생존을 계속하기가 자못 어려운 지경에까지 이르렀다. 나는 하여간 허울 좋게 말하자면 망명해야겠다.

어디로 갈까. 나는 만나는 사람마다 동경으로 가겠다고 호언했다. 그뿐 아니라 어느 친구에게는 전기기술에 관한 전문공부를 하러 간다는 둥 학교 선생을 만나서는 고급 단식인쇄술(單式印刷術)을 연구하겠다는 둥 친한 친구에게는 5개 국어에 능통할 작정일세 어쩌구 심하면 법률을 배우겠소까지 허담을 탕탕 하는 것이다. 웬만한 친구는 보통들 속나 보다. 그러나 이 헛선전을 안 믿는 사람도 더러는 있다. 여하간 이것은 영영 빈빈 털터리가 되어버린 이상(李箱)의 마지막 공포에 지나지 않는 것만은 사실이겠다.

어느 날 나는 이렇게 여전히 공포를 놓으면서 친구들과 술을 먹고 있자니까 어깨를 툭 치는 사람이 있다. '긴상'이라는 이다.

"긴상('이상'도 사실은 긴상이다) 참 오래간만이슈. 건데 긴상, 꼭 긴상 한번 만나뵙자는 사람이 하나 있는데 긴상 어떡허려우?"

"거 누군구. 남자야? 여자야?"

"여자니까 일이 재미있지 않으냐 거런 말야."

"여자라?"

"긴상 옛날 옥상(아내)."

금홍이가 서울에 나타났다는 이야기다. 나타났으면 나타났지 나를 왜 찾누?

나는 긴상에게서 금홍이의 숙소를 알아가지고 어쩔 것인가 망설였다. 숙소는 동생 일심(一心)이 집이다.

드디어 나는 만나보기로 결심하고 일심이 집을 찾아가서

"언니가 왔다지?"

"어유우 아제두, 돌아가신 줄 알았구려! 그래 자그만치 인제 온단 말씀유, 어서 들오슈."

금홍이는 역시 초췌하다. 생활전선에서의 피로의 빛이 그 얼굴에 여실하였다.

"네눔 하나 보구져서 서울 왔지 내 서울 뭘허러 왔다디?"

"그리게 또 난 이렇게 널 찾아오지 않었니?"

"너 장가갔다더구나"

"얘, 디끼 싫다, 그 육모초 겉은 소리"

"안 갔단 말이냐, 그럼?"

"그럼"

당장에 목침이 내 면상을 향하여 날아들어 왔다. 나는 예나 다름이 없이 못나게 웃어주었다.

술상을 보아 왔다. 나도 한잔 먹고 금홍이도 한잔 먹었다. 나는 영변가(寧邊歌)를 한 마디 하고 금홍이는 육자배기를 한 마디 했다.

밤은 이미 깊었고 우리 이야기는 이게 이 생에서의 영이별(永離別)이라는 결론으로 밀려갔다. 금홍이는 은수저로 소반전을 딱딱 치면서 내가 한 번도 들은 일이 없는 구슬픈 창가를 한다.

"속아도 꿈결, 속여도 꿈결, 굽이굽이 뜨내기 세상 그늘진 심정에 불 질러버려라 운운(云云)."

(1936년)

종생기

극유산호편(郤遺珊瑚鞭)－요 다섯 자 동안에 나는 두 자 이상의 오자(誤字)를 범했는가 싶다. 이것은 나 스스로 하늘을 우러러 부끄러워할 일이겠으나 인지(人智)가 발달해가는 면목이 실로 약여(躍如)하다. 죽는 한이 있더라도 이 산호(珊瑚) 채찍을랑 꼭 쥐고 죽으리라. 네 폐포파립(敝袍破笠) 위에 퇴색한 망해(亡骸) 위에 봉황이 와 앉으리라.

나는 내 <종생기(終生記)>가 천하 눈 있는 선비들의 간담을 서늘하게 해놓기를 애틋이 바라는 일념 아래인 만큼 인색한 내 맵시의 절약법을 피력하여 보인다.

일발포성(一發砲聲)에 부득이 영웅이 되고 만 희대(稀代)의 군인 모(某)는 아흔에 귀를 단 황송한 일생을 끝막던 날 이렇다는 유언 한마디를 지껄이지 않고 그 임종의 장면을 곧잘(무사히 후우 한숨이 나올 만큼) 넘겼다.

그런데 우리들의 레우오치카－애칭 톨스토이－는 괴나리봇짐을 짊어지고 나선 데까지는 기껏 그럴 성싶게 꾸며가지고 마지막 5분에 가서 그만 잡쳤다. 자지레한 유언나부랑이로 말미암아 70년 공든 탑을 무너뜨렸고 허울 좋은 일생에 가실 수 없는 흠집을 하나 내어놓고 말았다.

나는 일개 교활한 업저어버의 자격으로 그런 우매한 성인들의 생애를 방청하여 왔으니 내가 그런 따위 실수를 알고도 재범(再犯)할 리가 없는 것이다.

거울을 향하여 면도질을 한다. 잘못해서 나는 생채기를 내인다. 나는 골을 벌컥 내인다.

그러나 와글와글 들끓는 여러 '나'와 나는 정면으로 충돌하기 때문에 그들은 제각기 베스트를 다하여 제 자신만을 변호하는 때문에 나는 좀처럼 범인을 찾아내이기는 어렵다는 것이다.

그러기에 대저(大抵) 어리석은 민중들은 "원숭이가 사람 흉내를 내이네"하고 마음을 놓고 지내는 모양이지만 사실 사람이 원숭이 흉내를 내이고 지내는 바 짜장 지당한 전고(典故)를 이해하지 못하는 탓이리라.

오호라 일거수일투족이 이미 아담, 이브의 그런 충동적 습관에서는 탈각한 지 오래다. 반사운동과 반사운동 틈바구니에 끼어서 잠시 실로 전광석화 만큼 손가락이 자의식(自意識)의 포로가 되었을 때 나는 모처럼 내 허무한 세월 가운데 한각(閑却)되어 있는 기암(奇岩) 내 콧잔등이를 좀 만지작만지작했다거나, 고귀한 대화와 대화 늘어선 쇠사슬 사이에도 정히 간발(間髮)을 허용하는 들창이 있나니 그 서슬 퍼런 날[刃]이 자의식을 건잡을 사이도 없이 양단(兩斷)하는 순간 나는 내 명경(明鏡)같이 맑아야 할 지보(至寶) 두 눈에 혹시 눈곱이 끼지나 않았나 하는 듯이 적절하게 주름살 잡힌 손수건을 꺼내어서는 그 두 눈을 만지작만지작했다거나—

내 혼백(魂魄)과 사대(四大)의 점잖은 태만성이 그런 사소한 연화(煙火)들을 일일이 따라다니면서(보고 와서) 내 통괄(統括)되는 처소에다 일러바쳐야만 하는 그런 압도적 망살(忙殺)을 나는 이루 감당해내는 수가 없다.

그러나 나는 내 지중한 산호편(珊瑚鞭)을 자랑하고 싶다.

'쓰레기' '우거지'

이 구지레한 단자(單字)의 분위기를 족하(足下)는 족히 이해하십니까.

족하는 족하가 기독교식으로 결혼하던 날 내이브·앤드·아일에서 이 '쓰레기' '우거지'에 근이(近邇)한 감홍을 맛보았으리라고 생각이 되는데 관연 그렇지는 않으십니까.

나는 그런 '쓰레기' '우거지' 같은 테이프를-내 종생기 처처(處處)에다 가련(可憐)히 심어놓은 자자레한 치레를 위하여-뿌려보려는 것인데-

다행히 박수하다. 이상(以上)

"치사(侈奢)한 소녀는", "해동기(解凍期)의 동(凍)시냇가에 서서", "입술이 낙화(落花)지듯 파래지면서", "박빙(薄氷) 밑으로는 무엇이 저리도 움직이는가"고, "고개를 갸웃거리는 듯이 숙이고 있는데", "봄 운기를 품은 훈풍이 불어와서", "스커어트", 아니 아니, "너무나", 아니 아니, "좀", "슬퍼 보이는 홍발(紅髮)을 건드리면" 그만. 더 아니다. 나는 한마디 가련한 어휘를 첨가할 성의를 보이자.

"나붓 나붓."

이만하면 완비된 장치에 틀림없으리라. 나는 내 종생기를 꾸밀 그 소문 높은 산호편(珊瑚鞭)을 더 여실히 하기 위하여 위와 같은 실로 나로서는 너무나 과남

(過濫)히 치사스럽고 어마어마한 세간살이를 장만한 것이다.

그런데—

혹 지나치지지나 않았나. 천하에 형안(炯眼)이 없지 않으니까 너무 금(金)칠을 아니 했다가는 서툴리 들킬 염려가 있다. 하나—

그냥 어디 이대로 써[用]보기로 하자.

나는 기금 가을바람이 자못 소혜(簫慧)한 내 구중중한 방에 홀로 누워 종생하고 있다.

어머니 아버지의 충고에 의하면 나는 추호의 틀림도 없는 만 25세와 11개월의 '홍안미소년'이라는 것이다. 그렇건만 나는 확실히 노옹(老翁)이다. 그날 하루하루가 "인생은 짧고 예술은 기다랗다" 하는 엄청난 평생이다.

나는 날마다 운명(殞命)하였다. 나는 자던 잠—이 잠이야 말로 언제 시작한 잠이더냐—을 깨이면 내 통절(痛切)한 생애가 개시되는데 청춘이 여지없이 탕진되는 것은 이불을 푹 뒤집어쓰고 누웠지만 역력(歷歷)히 목도(目睹)한다.

나는 노래(老來)에 빈곤한 식사를 한다. 12시간 이내에 종생을 맞이하고 그리고 할 수 없이 이리 궁리 저리 궁리 유언다운 유언이 어디 유실되어 있지 않나 하고 찾고, 찾아서는 그 중 의젓스러운 놈으로 몇 추린다.

그러나 고독한 만년(晩年) 가운데 한 구의 에피그람을 얻지 못하고 그대로 처참히 나는 물고(物故)하고 만다.

일생의 하루—

하루의 일생은 대체(위선) 이렇게 해서 끝나고 끝나고 하는 것이었다.

자—보아라.

이런 내 분장은 좀 과하게 치사스럽다는 느낌은 없을까 없지 않다.

그러나 위풍당당 일세를 풍미할 만한 참신무비(嶄新無比)한 햄릿[妄言多謝]을 하나 출세시키기 위하여는 이만한 출자는 아끼지 말아야 하지 않을까 하는 느낌도 없지 않다.

나는 가을. 소녀는 해동기(解凍期).

어느 제나 이 두 사람이 만나서 즐거운 소꿉장난을 한 번 해보리까.

나는 그 해 봄에도—

부질없는 세상이 스스러워서 상설(霜雪) 같은 위엄을 갖춘 몸으로 한심한 불우(不遇)의 일월을 맞고 보내지 않으면 안 되었다.

미문(美文), 미문, 애아(曖呀)! 미문.

미문(美文)이라는 것은 저으기 조처하기 위험한 수작이니라.

나는 내 감상의 꿀방구리 속에 청산(靑山) 가던 나비처럼 마취혼사(痲醉昏死)하기 자칫 쉬운 것이다. 조심조심 나는 내 맵시를 고쳐야 할 것을 안다.

나는 그날 아침에 무슨 생각에서 그랬던지 이를 닦으면서 내 작성 중에 있는 유서 때문에 끙끙 앓았다.

열세 벌의 유서가 거의 완성해가는 것이었다. 그러나 그 어느 것을 집어내보아도 다같이 서른여섯 살에 자살한 어느 '천재'가 머리맡에 놓고 간 개세(蓋世)의 일품의 아류(亞流)에서 일보를 나서지 못했다. 내게 요만 재주밖에는 없느냐는 것이 다시 없이 분하고 억울한 사정이었고 또 초조의 근원이었다. 미간을 찌푸리되 가장 고매(高邁)한 얼굴을 지속해야 할 것을 잊어버리지 않고 그리고 계속하여 끙끙 앓고 있노라니까 [나는 일시일각(一時一刻)을 허송하지는 않는다. 나는 없는 지혜를 끊이지 않고 쥐어짠다] 속달편지가 왔다.
소녀에게서다.

선생님! 어제 저녁 꿈에도 저는 선생님을 만나 뵈었습니다. 꿈 가운데 선생님은 참 다정하십니다.

그러나 백일(白日) 아래 표표하신 선생님은 저를 부르시지 않습니다.

비굴이라는 것이 무슨 빛으로 되어있나 보시려거든 선생님은 거울을 한 번 보아보십시오. 거기 비치는 선생님의 얼굴빛이 바로 비굴이라는 것의 빛입니다.

헤어진 부인과 3년을 동거하시는 동안에 너 가거라 소리를 한 마디도 하신 일이 없다는 것이 선생님 유일의 자만이십디다 그려! 그렇게까지 선생님은 인정에 구구(苟苟)하신가요.

R과도 깨끗이 헤어졌습니다. S와는 절연(絶緣)한 지 벌써 다섯 달이나 된다는 것은 선생님께서도 믿어 주시는 바지요? 다섯 달 동안 저에게는 아무것도 없습니다. 저의 청절(淸節)을 인정해주시기 바랍니다. 저의 최후까지 더럽히지 않은 것을 선생님께 드리겠습니다. 저희 희멀건 살의 매력이 이렇게 다섯 달 동안이나 놀고 있는 것은 참 무엇이라고 말할 수 없이 아깝습니

다. 저 잔털의 나스르르한 목, 연한 은도가 선생님을 기다리고 있습니다. 선생님이여 저를 부르십시오. 저더러 영영 오라는 말을 안 하시는 것은 그것 역시 가신 적 경우와 똑 같은 이론에서 나온 구구한 인생 변호의 치사스러운 수법이신가요. 영원히 선생님 '한 분'만을 사랑하지요. 어서어서 저를 전적으로 선생님만의 것을 만들어 주십시오. 선생님의 '전용'이 되게 하십시오.

제가 아주 어수룩한 줄 오산하고 계신 모양인데 오산치고는 좀 어림없는 큰 오산이리다.

네딴은 제법 든든한 줄만 믿고 있는데 그 안전지대라는 것을 너는 아마 하나 가진 모양인데 그까짓 것쯤 내 말 한마디에 사태가 나고 말리라 이렇게 일러드리고 싶습니다. 또－

예끼! 구역질나는 인생 같으니 이러고도 싶습니다.

3월 3일 날 오후 두 시에 동소문 버스정류장 앞으로 꼭 와야 되지 그렇지 않으면 큰일 나요. 내 징벌(懲罰)을 안 받지 못하리다.

만 19세 2개월을 맞이하는

정희 올림

이상(李箱) 선생님께

물론 이것은 죄다 거짓부렁이다. 그러나 그 일촉즉발의 아슬아슬한 용심법(用心法)이 특히 그 중에도 결미(結尾)의 비견할 데 없는 청초함이 장(壯)히 질풍신뢰(疾風迅雷)를 품은 듯한 명문이다.

나는 까무러칠 뻔하면서 혀를 내어둘렀다. 나는 깜빡 속기로 한다. 속고 만다.

여기 이 이상(李箱) 선생님이라는 허수아비 같은 나는 지난 밤 사이에 내 평생을 경력(經歷)했다. 나는 드디어 쭈글쭈글하게 노쇠해버렸던 차에 아침(이 온 것)을 보고 이키! 남들이 보는 데서는 나는 가급적 어쭙지않게 (잠을)자야 되는 것이어늘, 하고 늘 이를 닦고 그리고는 도로 얼른 자 버릇하는 것이었다. 오늘도 또 그럴 셈이었다.

사람들은 나를 보고 짐짓 기이하기도 해서 그러는지 경천동지(驚天動地)의 육중한 경륜을 품은 사람인가보다고들 속는다. 그러니까 그렇게 하는 것이 내 시시한 자세나마 유지시킬 수 있는 유일무이의 비결이었다. 즉 나는 남들 좀 보라고 낮에 잔다.

그러나 그 편지를 받고 흔희작약(欣喜雀躍), 나는 개

세(蓋世)의 경륜과 유서의 고민을 깨끗이 씻어버리기 위하여 바로 이발소로 갔다. 나는 여간 아니 호걸답게 입술에다 치분을 허옇게 묻혀가지고는 그 현란한 거울 앞에 가 앉아 이제 호화장려(豪華壯麗)하게 개막하려 드는 내 종생(終生)을 유유히 즐기기로 거기 해당하게 내 맵시를 수습하는 것이었다.

우선 그 작소(鵲巢)라는 뇌명(雷名)까지 있는 봉발(蓬髮)을 썰어서 상고머리라는 것을 만들었다. 오각수(五角鬚)는 깨끗이 도태해버렸다. 귀를 우비고 코털을 다듬었다. 안마도 했다. 그리고 비누 세수를 한 다음 문득 거울을 들여다보니 품(品) 있는 데라고는 한 귀퉁이도 없어 보이는 듯하면서 또한 태생을 어찌 어기리요. 좋도록 말해서 라파엘 전파(前派) 일원(一員)같이 그렇게 청초한 백면서생(白面書生)이라고도 보아 줄 수 있지 하고 실없이 제 얼굴을 미남자(美男子)거니 고집하고 싶어하는 구지레한 욕심을 내심 탄식하였다.

아차! 나에게도 모자가 있다. 겨울내 꾸겨박질러 두었던 것을 부득부득 끄집어내어다 15분 간 세탁소로 가지고 가서 멀쩡하게 만들었다. 그리고 흰 바지저고리에 대님을 다 치고 차림차림이 제법 이색(異色)이었다. 공단은 못 되나마 능직(綾織) 두루마기에 이만하면 고왕금래(古往今來) 모모(某某)한 천재의 풍모에 비겨도 조금도 손색이 없으리라. 나는 내 그런 여간 이만저만하지 않은 풍모를 더욱더욱 이만저만하지 않게 모디파이어하기 위하여 가늘지도 굵지도 않은 그다지 알맞은 단장을 하나 내 손에 쥐어주어야 할 것도 때마침 잊어버리지는 않았다.

별 수 없이—

오늘이 즉 3월 3일인 것이다.

나는 점잖게 한 30분쯤 지각해서 동소문 지정받은 자리에 도착하였다. 정희는 또 정희대로 아주 정희다웁게 한 30분쯤 일찍 와서 있다.

정희의 입상(立像)은 제정러시아 적 우편딱지처럼 적잖이 슬프다. 이것은 아직도 얼음을 품은 바람이 해토머리답게 싸늘해서 말하자면 정희의 모양을 얼마간 침통하게 해보인 탓이렷다.

나는 이런 경우에 천만 뜻밖에도 눈물이 핑 눈에 그뜩 돌아야 하는 것이 꼭 맞는 원칙으로서의 의표(意表)가 아닐까 그렇게 생각하면서 저벅저벅 정희 앞으로 다가갔다.

우리들은 이 땅을 처음 찾아온 제비 한 쌍처럼 잘 앙증스럽게 만보(慢步)하기 시작했다. 걸어가면서도 나는 내 두루마기에 잡히는 주름살 하나에도 단장을 한 번 휘젓는 곡절(曲折)에도 세세히 조심한다. 나는 말하자면 내 우연한 종생을 깜쪽스럽도록 찬란하게 허식(虛飾)하기 위하여 내 박빙(薄氷)을 밟는 듯한 포우즈를 아차 실수로 무너뜨리거나 해서는 절대로 안 된다는 것을 굳게굳게 명(銘)하고 있는 까닭이다.

그러면 맨 처음 발언으로는 나는 어떤 기절참절(奇絕慘絕)한 경구(警句)를 내어놓아야 할 것인가, 이것 때문에 또 잠깐 머뭇머뭇하지 않을 수도 없었지만 그렇다고 바로 대고 거 어쩌면 그렇게 제정러시아 적 우표딱지같이 초초(楚楚)하니 어쩌니 하는 수는 차마 없다.

나는 선뜻

"설마가 사람을 죽이느니."

하는 소리를 저 뱃속에서부터 우러나오는 듯한 그런 가라앉은 목소리에 꽤 명료한 발음을 얻어서 정희 귀가까이다 대고 지껄여버렸다. 이만하면 아마 그 경우의 최초의 발성으로는 무던히 성공한 편이리라. 뜻인즉, 네가 오라고 그랬다고 그렇게 내가 불쑥 올 줄은 너 꿈에도 생각하지 못했으리라는 꼼꼼한 의도다.

나는 아침반찬으로 콩나물을 3전어치는 안 팔겠다는 것을 교묘히 무사히 3전어치만 살 수 있는 것과 같은 미끈한 쾌감을 맛본다. 내딴은 다행히 노랑돈 한푼도 참 용하게 낭비하지는 않은 듯싶었다.

그러나 그런 내 청천(晴天)에 벽력이 떨어진 것 같은 인사에 대하여 정희는 실로 대답이 없다. 이것은 참 큰일이다.

아이들이 고추 먹고 맴맴 담배 먹고 맴맴 하ㄱ 노는 그런 암팡진 수단으로 그냥 단번에 나를 어지러뜨려서는 넘어뜨려버릴 작정인 모양이다.

정말 그렇다면!

이 상쾌한 정희의 확호(確乎) 부동자세야말로 엔간치 않은 출품(出品)이 아닐 수 없다. 내가 내어놓은 바 살인촌철(殺人寸鐵)은 그만 즉석에서 분쇄되어 가엾은 부작(不作)으로 내려 떨어지고 마는 것이다, 하고 나는 느꼈다.

나는 나로서 할 수 있는 가장 큰 규모의 손짓 발짓을 한번 해보이고 이윽고 낙담하였다는 것을 표시하였다. 일이 여기 이른 바에는 내 포우즈 여부가 문제 아니다.

표정도 인제 더 써먹을 것이 남아있을 성싶지도 않고 해서 나는 겸연쩍게 안색을 좀 고쳐가지고 그리고 정희! 그럼 나는 가겠소, 하고 깍듯이 인사하고 그리고?

나는 발길을 돌려서 집을 향해 걷기 시작했다. 내 파란만장의 생애가 자지레한 말 한마디로 하여 그만 회신(灰燼)으로 돌아가고 만 것이다. 나는 세상에도 참 혹한 풍채(風采) 아래서 내 종생을 치른 것이다고 생각하면서 그렇다면 그럼 그럴 성싶기도 하게 단장도 한두 번 휘두르고 입도 좀 일그적일그적 해보기도 하고 하면서 행차하는 체해 보인다.

5초－10초－20초－30초－1분

결코 뒤를 돌아다보거나 해서는 못쓴다. 어디까지든지 사심(私心)없이 패배한 체하고 걷는 체한다. 실심(失心)한 체한다.

나는 사실은 좀 어지럽다. 내 쇠약한 심장으로는 이런 자약(自若)한 체조(體操)를 그렇게 장시간 계속하기가 썩 어려운 것이다.

묘비명(墓碑銘)이라. 일세의 귀재 이상(李箱)은 그

통생(通生)의 대작 <종생기(終生記)> 한 편을 남기고 서력기원 후 1937년 정축(丁丑) 3월 3일 미시(未時) 여기 백일(白日) 아래서 그 파란만장(?)의 생애를 끝막고 문득 졸(卒)하다. 향년 만 25세와 11개월. 오호라! 상심크다. 허탈이야 잔존하는 또 하나의 이상(李箱) 구천(九天)을 우러러 호곡(號哭)하고 이 한산일편석(寒山一片石)을 세우노라. 애인 정희는 그대의 몰후(歿後) 수삼인의 비첩(秘妾)된 바 있고 오히려 장수하니 지하의 이상(李箱) 아! 바라건댄 명목(瞑目)하라.

그리 칠칠치는 못하나마 이만큼 해가지고 이꼴저꼴 구지레한 흠집을 살짝 도회하기로 하자. 고만 실수는 여상(如上)의 묘기로 겸사겸사 메우고 다시 나는 내 반생의 진용후일(陳容後日)에 관해 차근차근 고려하기로 한다. 이상(以上).

역대의 에피그램과 경국(傾國)의 철칙이 다 내게 있어서는 내 위선을 암장(暗葬)하는 한 스무우드한 구실에 지나지 않는다. 실로 나는 내 낙명(落命)의 자리에서도 임종(臨終)의 합리화를 위하여 코로오처럼 도색(桃色)의 팔렛을 볼 수도 없거니와 톨스토이처럼 탄식해주고 싶은 쥐꼬리만한 금언(金言)의 추억도 가지지 않고 그냥 난데없이 다리를 삐어 넘어지듯이 스르르 죽어가리라.

거룩하다는 칭호를 휴대하고 나를 찾아오는 '연애'라는 것을 응수(應酬)하는 데 있어서도 어디서 어떤 노소간의 의뭉스러운 선인(先人)들이 발라먹고 내어버린 그런 유훈(遺訓)을 나는 헐값에 걷어들여다가는 제련(製鍊) 재탕(再湯) 다시 써먹는다. 는 줄로만 알았다가도 또 내게 혼나는 경우가 있으리라.

나는 찬밥 한 술 냉수 한 모금을 먹고도 넉넉히 일세(一世)를 위압할 만한 '고언(苦言)'을 적적(摘摘)할 수 있는 그런 지혜의 실력을 가졌다.

그러나 자의식의 절정 위에 발돋움을 하고 올라선 단말마(斷末魔)의 비결을 보통 야시(夜市) 국수버섯을 팔러 오신 시골 아주먼네에게 서너 푼에 그냥 넘겨주고 그만두는 그렇게까지 자신의 에티켓을 미화시키는 겸허의 방식도 또한 나는 무루(無漏)히 터득하고 있는 것이다. 당목할 지어다. 이상(以上).

난마(亂麻)와 같이 갈피를 잡을 수 없는 얼마간 비극적인 자기탐구.

이런 흙발 같은 남루(襤褸)한 주제는 문벌이 버젓한

나로서 채택할 신세가 아니거니와 나는 태서(泰西)의 에티켓으로 차 한 잔을 마실 적의 포우즈에 대하여도 세심하고 세심한 용의가 필요하다.

휘파람 한 번을 분다 치더라도 내 극비리에 정선(精選) 은특(隱慝)된 절차를 온고(溫古)하여야만 한다. 그런 다음이 아니고는 나는 희망 잃은 황혼에서도 휘파람 한 마디를 마음대로 불 수는 없는 것이다.

동물에 대한 고결한 지식(知識)?

사슴, 물오리, 이밖의 어떤 종류의 동물도 내 애니멀 킹덤에서는 낙탈(落脫)되어 있어야 한다. 나는 이 수렵용으로 귀여히 가여히 되어먹어 있는 동물 외의 동물에 언제든지 무가내하(無可奈何)로 무지(無智)하다.

또 —

그럼 풍경에 대한 오만(傲慢)한 처신법?

어떤 풍경을 묻지 않고 풍경의 근원, 중심, 초점이 말하자면 나 하나 '도련님'다운 소행(素行)에 있어야 할 것을 방약무인(傍若無人)으로 강조한다. 나는 이 맹목적 신조를 두 눈을 그대로 딱 부르감고 믿어야 된다.

자진(自進)한 '우매(愚昧)' '몰각(歿覺)'>이 참 어렵다.

보아라. 이 자득(自得)하는 우매의 절기(絕技)를! 몰각의 절기를.

백구(白鷗)는 의백사(宜白沙)하니 막부춘초벽(莫赴春草碧)하라.

이태백(李太白). 이 전후만고(前後萬古)의 으리으리한 '화족(華族)'. 나는 이태백을 닮기도 해야 한다. 그러기 위하여 오언절구(五言絶句) 한 줄에서도 한 자 가량의 태연자약한 실수를 범해야만 한다. 현란한 문벌이 풍기는 가히 범할 수 없는 기품과 세도가 넉넉히 고시(古詩) 한 절쯤 서슴지 않고 상채기를 내어놓아도 다들 어수룩한 체들 하고 속느니 하는 교만한 미신(迷信)이다.

곱게 빨아서 곱게 다리미질을 해놓은 한 벌 시미이즈에 꼬박 속는 청절(淸節)처럼 그렇게 아담하게 나는 어떠한 차질(蹉跌)에서도 거뜬하게 얄미운 미소와 함께 일어나야만 하는 것이니까.

오늘날 내 한 씨족(氏族)이 분명치 못한 소녀에게 섣불리 딴죽을 걸려 넘어진다기로서니 이대로 내 숙망(宿望)의 호화장려(豪華壯麗)한 종생을 한 방울 하잘것 없는 오점을 내이는 채 투시(投匙)해서야 어찌 초지(初志)의 만일(萬一)에 응답할 수 있는 면목이 족히 서겠는가, 하는 허울 좋은 구실이 영일(永日) 밤보다도 오히려 한 뼘 짧은 내 전정(前程)에 대두(擡頭)하기 시작하는 것이었다.

왜만 착실(着實)한 서술(敍述)!

나는 과히 눈에 띄울 성싶지 않은 한 지점을 재재바르게 붙들어서 거기서 공중 담배를 한 갑 사(주머니에 넣고) 피워 물고 정희의 뺀한 걸음을 다시 뒤따랐다.

나는 그저 일상의 다반사를 간과하듯이 범연(凡然)하게 휘파람을 불고, 내 구두 뒤축이 아스팔트를 디디는 템포, 음향, 이런 것들의 귀찮은 조절에도 깔끔히 정신 차리면서 넉넉잡고 3분, 다시 돌친 걸음은 정희와 어깨를 나란히 걸을 수 있었다. 부질없는 세상에 제 심각하면 침통하면 또 어쩌겠느냐는 듯싶은 서운한 눈의 위치를 동소문 밖 신개지(新開地) 풍경 어디라고 정(定)치 않은 한 점에 두어 두었으니 보라는 듯한 부득부득 지근거리는 자세면서도 또 그렇지 않을 성싶은 내 묘기 중에도 묘기를 더 한층 허겁지겁 연마하기에 골돌하는 것이었다.

일모(日暮) 청산－

날은 저물었다. 아차! 아직 저물지 않은 것으로 하는 것이 좋을까 보다.

날은 아직 저물지 않았다.

그러면 아까 장만해 둔 세간기구를 내세워 어디 차근차근 살림살이를 한번 치뤄볼 천우(天佑)의 호기(好機)가 내 앞으로 다달았나 보다. 자-

태생은 어길 수 없어 비천한 '티'를 감추지 못하는 딸-(전기(前記) 치사(侈奢)한 소녀 운운은 어디까지든지 이 바보 이상(李箱)의 호의에서 나온 곡해(曲解)다. 모파상의 <지방덩어리>를 생각하자. 가족은 미만(未滿) 14세의 딸에게 매음(賣淫)시켰다. 두 번째는 미만 19세의 딸이 자진했다. 아아 세 번째는 그 나이 스물두 살이 되던 해 봄에 얹은 낭자를 내리우고 게다 다홍댕기를 들여 늘어뜨려 편발 처자(處子)를 위조하여서는 대거(大擧)하여 강행으로 매끽(賣喫)하여 버렸다.

비천한 뉘 집 딸이 해빙기의 시냇가에 서서 입술이 낙화(落化)지듯 좀 파래지면서 박빙(薄氷) 밑으로는 무엇이 저리도 움직이는가고 고개를 갸웃거리는 듯이 숙이고 있는데 봄 방향(芳香)을 품은 훈풍이 불어와서 스커어트, 아니 너무나, 슬퍼 보이는, 아니, 좀 슬퍼 보이는 홍발(紅髮)을 건드리면-

좀 슬퍼 보이는 홍발을 나붓나붓 건드리면-

여상(如上)이다. 이 개기름 도는 가소로운 무대를 앞에 두고 나는 나대로 나다웁게 가문(家門)이라는 자자레한 '투(套)'는 어떤 일이 있더라도 잊어버리지 않고 채석장 희멀건 단층(斷層)을 건너다보면서 탄식 비슷이

"지구를 저며내는 사람들은 역시 자연파괴자리라"는 둥

"개미집이야말로 과연 정연(整然)하구나"라는 둥

"비가 오면, 아－천하(天下)에 비가 오면"

"작년에 났던 초목이 올해에도 또 돋으려누, 귀불귀(歸不歸)란 무엇인가"라는 둥－

치레 잘하면 제법 의젓스러워도 보일만한 가장 한산한 과제로만 골라서 점잖게 방심(放心)해보여 놓는다.

정말일까? 거짓말일까. 정희가 불쑥 말을 한다. 한 소리가 "봄이 이렇게 왔군요" 하고 웃니는 좀 사이가 벌어져서 보기 흉한 듯하니까 살짝 가리고 곱다고 자처하는 아랫니를 보이지 않으려고 했지만 부지부식간에 그렇게 내어다보인 것을 또 어쩝니까 하는 듯싶어 가증하게 내어보이면서 또 여간해서 어림이 서지 않는 어중간한 얼굴을 그 위에 얹어 내세우는 것이었다.

좋아, 좋아, 그만하면 잘 되었어,

나는 고개 대신에 단장을 끄덕끄덕해 보이면서 창졸간에 그만 정희 어깨 위에다 손을 얹고 말았다.

그랬더니 정희는 저으기 해괴해 하노라는 듯이 잠시는 묵묵(默默)하더니―

정희도 문벌이라든가 혹은 간단히 말해 에티켓이라든가 제법 배워서 짐작하노라고 속삭이는 것이 아닌가.

꿀꺽!

넘어가는 내 지지한 종생, 이렇게도 실수가 허(許)해서야 물질적 전 생애를 탕진해가면서 사수(死守)하여 온 산호편(珊瑚鞭)의 대의(大義)가 대체 어디 있느냐? 내내 울화가 북받쳐 혼도(昏倒)할 것 같다.

흥천사(興天寺) 으슥한 구석방에 내 종생의 갈력(竭力)이 정희를 이끌어 들이기도 전에 나는 밤 쓸쓸히 거짓말깨나 해 놓았다.

나는 내가 그윽히 음모한 바 천고불역(千古不易)의 탕아, 이상(李箱)의 자자레한 문학의 빈민굴을 교란(攪亂)시키고자 하던 가지가지 진기한 연장이 어느 겨를에 빼물르기 시작한 것을 여기서 깨달아야 되나 보다. 사회는 어떠쿵, 도덕이 어떠쿵, 내면적 성찰(省察) 추구(追求) 적발(摘發) 징벌(懲罰)은 어떠쿵, 자의식 과잉

이 어떠쿵, 제 깜냥에 번지레한 칠(漆)을 해내어 걸은 치사스러운 간판들이 미상불(未嘗不) 우스꽝스럽기가 그지없다.

"독화(毒花)"

족하(足下)는 이 꼭두각시 같은 어휘 한 마디를 잠시 맡아가지고 계셔보구려?

예술이라는 허망한 아궁지 근처에서 송장 근처에서 보다도 한결 더 썰썰 기고 있는 그들 해반주룩한 사도(死都)의 혈족들 땟국내 나는 틈에 가 낑기워서, 나는—

내 계집의 치마 단속곳을 갈갈이 찢어 놓았고, 버선 켤레를 걸레를 만들어 놓았고, 검던 머리에 곱던 양자, 영악한 곰의 발자국이 질컥 디디고 지나간 것처럼 얼굴을 망가뜨려 놓았고, 지기친척(知己親戚)의 돈을 뭉청 떼어먹었고, 좌수터 유래 깊은 상호(商號)를 쑥밭을 만들어 놓았고, 겁쟁이 취리자(取利者)는 고랑때를 먹여 놓았고, 대금업자(貸金業者)의 수금인을 졸도시켰고, 사장과 취체역(取締役)과 사둔과 아범과 애비와 처남과 처제와 또 애비와 애비의 딸과 딸이 허다중생(許多衆生)으로 하여금 서로서로 이간을 붙이고 붙이게 하고 얼버무려서 싸움질을 하게 해놓았고, 삭월세방,

새 다다미에 잉크와 요강과 팥죽을 엎질렀고, 누구누구를 임포텐스를 만들어 놓았고—

"독화(毒花)"는 말의 콕 찌르는 맛을 그만하면 어렴풋이나마 어떻게 짐작이 서는가 싶소이까.

잘못 빚은 증(蒸)편 같은 시 몇 줄, 소설 서너 편을 꿰어차고 조촐하게 등장하는 것을 아 무엇인 줄 알고 깜빡 속고 선불리 손뼉을 한두 번 쳤다는 죄로 제 계집 간음당한 것보다도 더 큰 망신을 일신에 짊어지고 그리고는 앙탈 비슷이 시치미를 떼지 않으면 안 되는 어디까지든지 치사스러운 예의 절차—마귀 [터주가]의 소행 [덧났다]이라고 돌려버리자?

"독화"

물론 나는 내일 새벽에 내 길들은 노상에서 무려(無慮) 내게 필적하는 한 숨은 탕아를 해후(邂逅)할는지도 마치 모르나, 나는 신바람이 난 무당처럼 어깨를 치켰다 젖혔다 하면서라도 풍마우세(風磨雨洗)의 고행(苦行)을 얼른 그렇게 쉽사리 그만두지는 않는다.

아아 어쩐지 전신이 몹시 가렵다. 나는 무연(無緣)한 중생의 뭇 원한 탓으로 악역(惡疫)의 범(犯)함을 입나보다. 나는 은근히 속으로 앓으면서 토일릿 정한 대야

에다 양손을 정하게 씻은 다음 내 자리로 돌아와 앉아 차근차근 나 자신을 반성 회오(悔悟)－쉬운 말로 자자레한 세음을 좀 놓아보아야겠다.

에티켓? 문벌? 양식(良識)? 번신술(飜身術)?

그렇다고 내가 찔끔 정희 어깨 위에 얹었던 손을 뚝 떼인다든지 했다가는 큰 망발이다. 일을 잡치리라. 어디까지든지 내 뺨의 홍조만을 조심하면서 좋아, 좋아, 좋아, 그래만 주면 된다. 그리고나서 피차 다 알아들었다는 듯이 어깨에 손을 얹은 채 어깨를 나란히 흥천사 경내로 들어갔다. 가서 길을 별안간 잃어버린 것처럼 자분참 산 위로 올라가버린다. 산 위에서 이번에는 정말 포우즈를 할 일 없이 무너뜨렸다는 것처럼 정교하게 머뭇머뭇해 준다. 그러나 기실 말짱하다.

풍경소리가 똑 알맞다. 이런 경우에는 제법 번듯한 식자(識字)가 있는 사람이면－

아아 나는 왜 늘 항례(恒禮)에서 비켜서려드는 것일까? 잊었느냐? 비싼 월사(月謝)를 바치고 얻은 고매한 학문과 예절을, 현역 육군중좌(陸軍中佐)에게서 받은 추상열일(秋霜烈日)의 훈육을, 왜 나는 이 경우에 버젓하게 내세우지 못하느냐?

창연한 고찰(古刹) 유루(遺漏) 없는 장치(裝置)에서 나는 정신 차려야 한다. 나는 내 쟁쟁한 이력을 솔직하게 써먹어야 한다. 나는 고개를 숙이고 담배를 한 대 피워 물고 도장(屠場)에 들어가는 소, 죽기보다 싫은 서투르고 근질근질한 포우즈 체모독주(體貌獨奏)에 어지간히 성공해야만 한다.

그랬더니 그만두잔다. 당신의 그 어림없는 몸치렐랑 그만 두세요. 저는 어지간히 식상(食傷)이 되었습니다.

그렇다면?

내 꾸준한 노력도 일조일석에 수포로 돌아가는 것이 아닌가.

대체 정희라는 가련한 '석녀(石女)'가 제 어떤 재간으로 그런 음흉한 내 간계를 요만큼까지 간파했다는 것이다.

일시에 기진(氣盡)한다. 맥은 탁 풀리고는 앞이 팽 돌다 아찔하는 것이 이러다가 까무러치려나 보다고 극력단장을 의지하여 버텨보노라니까 희(噫)라! 내 기사회생의 종생도 이번만은 회춘하기 장히 어려울 듯싶다.

이상(李箱)! 당신은 세상을 경영할 줄 모르는 말하자면 병신이오. 그다지도 '미혹(迷惑)'하단 말씀이오? 건너다보니 절터지요? 그렇다 하더라도 <까라마조프의 형제>나 <40년>을 좀 구경삼아 들러보시지요.

아니지! 정희! 그게 뭐냐 하면 나도 살고 있어야 하겠으니 너도 살자는 사기, 속임수, 일부러 만들어내어 놓은 미신 중에도 가장 우수한 무서운 주문(呪文)이요.

이상(李箱)! 그러지 말고 시험 삼아 한 발만, 한 발자국만 저 개흙밭에다 들여놓아 보시지요.

이 악보(樂譜)같이 스무우드한 담소 속에서 비칠비칠 하노라면 나는 내게 필적하는 천의무봉(天衣無縫)의 탕아가 이 목첩(目睫)간에 있는 것을 느낀다. 누구나 제 내어놓았던 헙수룩한 포우즈를 걷어치우느라고 허겁지겁들 할 것이다. 나도 그때 내 슬하에 이렇게 유산(遺産)되는 자손을 느끼면서 만재(萬載)에 드리우는 이 극흉극비(極凶極秘) 종가(宗家)의 부적(符籍)을 앞에 놓고서 저으기 불안하게 또 한편으로는 저으기 안일하게 운명하는 마지막 낙백(落魄)의 이 내 종생을 애오라지 방불(髣髴)히 하는 것이었다.

나는 내 분묘 될 만한 조촐한 터전을 찾는 듯한 그런 서글픈 마음으로 정희를 재촉하여 그 언덕을 내려왔다. 등 뒤에 들리는 풍경소리는 진실로 내 심통을

도웁는 듯하다고 사자(寫字)하면 정경을 한층 더 반듯하게 매만져 놓는 한 도움이 되리라. 그럼 진실로 풍경소리는 내 등 뒤에서 내 마지막 심통(心通)함을 한층 더 들볶아 놓는 듯하더라.

미문(美文)에 견줄 만큼 위태위태한 것이 절승(絕勝)에 혹사(酷似)한 풍경이다. 절승에 혹사한 풍경을 미문으로 번안 모사해 놓았다면 자칫 실족 익사하기 쉬운 웅덩이나 다름없는 것이니 첨위(僉位)는 아예 가까이 다가서서는 안 된다. 도스토예프스키나 고리키는 미문을 쓰는 버릇이 없는 체했고 또 황량, 아담한 경치를 '취급'하지 않았으되 이 의뭉스러운 어른들은 오직 미문은 쓸 듯 쓸 듯, 절승경개(絕勝景槪)는 나올 듯 나올 듯, 해만 보이고 끝끝내 아주 활짝 꼬랑지를 내보이지는 않고 그만둔 구렁이 같은 분들이기 때문에 그 기만술은 한층 더 진보된 것이며, 그런 만큼 효과가 또 절대하여 천년을 두고 만년을 두고 내리내리 부질없는 위무(慰撫)를 바라는 중속(衆俗)들을 잘 속일 수 있는 것이다. 그러나―왜 나는 미끈하게 솟아있는 근대건축의 위용을 보면서 먼저 철근철골 시멘트와 세사(細砂), 이것부터 선뜩하니 감응하느냐는 말이다.

씻어버릴 수 없는 숙명의 호곡(號哭), 몽골리안 플렉[몽고지]－오뚝이처럼 쓰러져도 일어나고 쓰러져도 일어나고 하니 쓰러지나 섰으나 마찬가지 의지할 얄팍한 벽 한 조각 없는 고독, 고고(枯稿), 독개(獨介), 초초(楚楚).

나는 오늘 대오(大悟)한 바 있어 미문을 피하고 절승의 풍광(風光)을 격(隔)하여 소조(蕭條)하게 왕생(往生)하는 것이며 숙명의 슬픈 투시벽(透視癖)은 깨끗이 벗어놓고 온아종용(溫雅慫慂), 외로우나마 따뜻한 그늘 안에서 실명(失命)하는 것이다.

의료(意料)하지 못한 이 홀홀한 '종생' 나는 요절인가 보다. 아니 중세최절(中世摧折)인가 보다. 이길 수 없는 육박, 눈 멀은 떼까마귀의 매언(罵言) 속에서 탕아 중에서도 탕아, 술객 중에도 술객 이 난공불락의 관문의 괴멸(壞滅), 구세주의 최후연(最後然)히 방방곡곡이 여독(餘毒)은 삼투(滲透)하는 허식 중에도 허식의 표백이다. 출색(出色)의 표백이다.

내부(乃夫)가 있는 불의(不義). 내부가 없는 불의. 불의는 즐겁다. 불의의 주가낙락(酒價落落)한 풍미(風味)를 족하(足下)는 아시나이까. 웃니는 좀 잇새가 벌고 아랫니만이 고운 이 한경(漢鏡)같이 결함의 미를 갖춘 깜찍스럽게 새치미를 뗄 줄 아는 얼굴을 보라. 7세까지 옥잠화 속에 감춰두었던 장분(粉)만을 바르고 그 후 분을 바른 일도 세수를 한 일도 없는 것이 유일의 자랑거리. 정희는 사팔뜨기다. 이것은 무엇으로도 대항하기 어렵다. 정희는 근시 육도(六度)다. 이것은 무엇으로도 대항할 수 없는 선천적 훈장이다. 좌난시(左亂視), 우색맹(右色盲), 아아 이는 실로 완벽이 아니면 무엇이랴.

속은 후에 또 속았다. 또 속은 후에 또 속았다. 14세 미만에 정희를 그 가족이 강행으로 매춘시켰다. 나는 그런 줄만 알았다. 한 방울 눈물ㅡ

그러나 가족이 강행하였을 때쯤은 정희는 이미 자진하여 매춘한 후 오래오래 후다. 다홍댕기가 늘 정희 등에서 나부꼈다. 가족들은 불의(不意)에 올 재앙을 막아줄 단 하나 값나가는 다홍댕기를 기탄없이 믿었건만ㅡ

그러나ㅡ

불의(不義)는 귀인답고 참 즐겁다. 간음한 처녀ㅡ이는 불의 중에도 가장 즐겁지 않을 수 없는 영원의 밀림이다.

그럼 정희는 게서 멈추나?

나는 자기소개를 한다. 나는 정희에게 분모(分毛)를 지기 싫기 때문에 잔인한 자기소개를 하는 것이다.

나는 벼[稻]를 본 일이 없다. 자전거를 탈 줄 모른다. 생년월일을 가끔 잊어버린다. 90 노조모가 이팔소부(二八少婦)로 어느 하늘에서 시집 온 십대조(十代祖)의 고성(古城)을 내 손으로 헐었고, 녹엽천년(綠葉千年)의 호도나무 아름드리 근간(根幹)을 내 손으로 베었다. 은행나무는 원통한 가문을 골수에 지니고 찍혀 넘어간 뒤 장장 4년 해마다 봄만 되면 독시(毒矢)같은 싹이 엄돋는 것이었다.

나는 그러나 이 모든 것에 견뎠다. 한 번 석류나무 휘어잡고 나는 폐허(廢墟)를 나섰다.

조숙(早熟) 난숙(爛熟) 감[柿] 썩는 골머리 때리는 내. 생사의 기로에서 완이이소(莞爾而笑), 표한무쌍(剽悍無雙)의 척구(瘠軀) 음지에 창백한 꽃이 피었다.

나는 미만 14세 적에 수채화를 그렸다. 수채화의 파과(破瓜). 보아라. 목저(木著)같이 야윈 팔목에서는 삼동에도 김이 무럭무럭 난다. 김나는 팔목과 잔털 나스르르한 매춘하면서 자라나는 회충같이 매혹적인 살결.

사팔뜨기와 내 흰자위 없는 짝짝이 눈. 옥잠화 속에서 나오는 기술(奇術) 같은 석일(昔日)의 화장과 화장 전폐(全廢), 이에 대항하는 내 자전거 탈 줄 모르는 아슬아슬한 천품(天稟). 다홍댕기에 불의와 불의를 방임하는 속수무책의 내 나태(懶怠).

심판이여! 정희에 비교하여 내게 부족함이 너무나 많지 않소이까?

비등(比等) 비등? 나는 최후까지 싸워 보리라.

흥천사 으슥한 구석방 한 간, 방석 두 개, 화로 한 개, 밥상 술상－

접전(接戰) 수십합(數十合). 좌충우돌. 정희의 허전한 관문을 나는 노사(老死)의 힘으로 들이친다. 그러나 돌아오는 반발(反撥)의 흉기는 갈 때보다도 몇 배나 더 큰 힘으로 나 자신의 손을 시켜 나 자신을 살상한다.

지느냐. 나는 그럼 지고 그만두느냐.

나는 내 마지막 무장을 이 전장에 내세우기로 하였다. 이것은 즉 주란(酒亂)이다.

한 몸을 건사하기조차 어려웠다. 나는 게울 것만 같았다. 나는 게웠다. 정희 스커어트에다. 정희 스타킹에다.

그리고도 오히려 나는 부족했다. 나는 일어나 춤추

었다. 그리고 그 방 뒤 쌍창 미닫이를 열어제치고 나는 예서 떨어져 죽는다고 마지막 한 벌 힘만을 아껴 남기고는 나머지 있는 힘을 다하여 난간을 잡아 흔들었다. 정희는 나를 붙들고 말린다. 말리는데 안 말리는 것도 같았다. 나는 정희 스커어트를 잡아 제쳤다. 무엇인가 철썩 떨어졌다. 편지다. 내가 집었다. 정희는 모른 체한다.

속달(S와도 절연한 지 다섯 달이나 된다는 것은 선생님께서도 믿어주시는 바지요? 하던 S에게서다).

정희—노하였소? 어젯밤 태서관(泰西館) 별장의 일! 그것은 결코 내 본의는 아니었소. 나는 그 요구를 하러 정희를 그곳까지 데리고 갔던 것은 아니요. 내 불민(不憫)을 용서하여 주기 바라오. 그러나 정희가 뜻밖에도 그렇게까지 다소곳한 태도를 보여주었다는 것으로 저으기 자위를 삼겠소.

정희를 하루라도 바삐 나 혼자만의 것을 만들어달라는 정희의 열렬한 말을 물론 나는 잊어버리지는 않겠소. 그러나 지금 형편으로는 '안해'라는 저 추물을 처치하기가 정희가 생각하는 바와 같이 그렇게 쉬운 일은 아니오.

오늘(3월 3일) 오후 8시 정각에 금화장(金華莊) 주택지 그때 그 자리에서 기다리고 있겠소. 어제 일을 사과도 하고 싶고 달이 밝은 듯하니 송림을 거닙시다. 거닐면서 우리 두 사람만의 생활에 대한 설계도 의논하여 봅시다.

3월 3일 아침 S

내게 속달을 띄우고 나서 곧 뒤이어 받은 속달이다.

모든 것은 끝났다. 어젯밤의 정희는―

그 낯으로 오늘 정희는 내게 이상(李箱) 선생님께 드리는 속달을 띄우고 그 낯으로 또 나를 만났다. 공포에 가까운 번신술(飜身術)이다. 이 황홀(恍惚)한 전율을 즐기기 위하여 정희는 무고(無辜)의 이상(李箱)을 징발했다. 나는 속고 또 속고 또또 속고 또또또 속았다.

나는 물론 그 자리에 혼도(昏倒)하여버렸다. 나는 죽었다. 나는 황천(黃泉)을 헤매었다. 명부(冥府)에는 달이 밝다. 나는 또 다시 눈을 감았다. 태허(太虛)에 소리 있어 가로되 너는 몇 살이뇨? 만 25세와 11개월이올시다. 요사(夭死)로구나. 아니올씨다. 노사(老死)올씨다.

눈을 다시 떴을 때에 거기 정희는 없다. 물론 8시가 지난 뒤였다. 정희는 그리 갔다. 이리하여 나의 종생은 끝났으되 나의 종생기(終生記)는 끝나지 않는다. 왜?

정희는 지금도 어느 빌딩 걸상 위에서 드로우어스의 끝을 풀르는 중이오. 지금도 어느 태서관 별장 방석을 베고 드로우어스의 끈을 풀르는 중이오. 지금도 어느 송림 속 벗어놓은 외투 위에서 드로우어스의 끈을 성(盛)히 풀르는 중이니까다.

이것은 물론 내가 가만히 있을 수 없는 재앙이다.

나는 이를 간다.

나는 걸핏하면 까무러친다.

나는 부글부글 끓는다.

그러나 지금 나는 이 철천의 원한에서 슬그머니 좀 비켜서고 싶다. 내 마음의 따뜻한 평화 따위가 다 그리워졌다.

즉 나는 시체다. 시체는 생존하여 계신 만물의 영장을 향하여 질투할 자격도 능력도 없는 것이리라는 것을 나는 깨닫는다.

정희, 간혹 정희의 후틋한 호흡이 내 묘비에 와 슬

쩍 부딪는 수가 있다. 그런 때 내 시체는 홍당무처럼 확끈 달으면서 구천(九天)을 꿰뚫어 슬피 호곡(號哭)한다.

그 동안에 정희는 여러 번 제(내 때꼽재기도 묻은) 이부자리를 찬란한 일광 아래 널어 말렸을 것이다. 누누(累累)한 이내 혼수(昏睡) 덕으로 부디 이내 시체에서도 생전(生前)의 슬픈 기억이 창궁(蒼穹) 높이 훨훨 날아가나 버렸으면-

나는, 지금 이런 불쌍한 생각도 한다. 그럼-

-만 26세와 3개월을 맞이하는 이상(李箱) 선생님이여! 허수아비여!

자네는 노옹(老翁)일세. 무릎이 귀를 넘는 해골일세. 아니, 아니.

자네는 자네의 먼 조상일세. 이상(以上)

11월 20일 동경에서

이상 평전
李箱 評傳

날자, 날자, 한번만 더 날자꾸나
한번만 더 날아보자꾸나

소설가이면서 시인인 이상(李箱)은 철저할 만큼 의식적인 작가이며, 그의 문학은 항거의 문학이다.

이상은 나라의 안과 밖이 매우 어지럽던 절망과 암흑에 싸인 시대인 한일합방이 되던 1910년 8월 20일 경성부(서울) 통인동 154번지에서 부친 김연창(金演昌)과 모친 박세창(朴世昌)의 사이에서 2남 1녀 중 장남으로 태어나서 26년 7개월이라는 짧은 삶을 살다 갔다.

그의 본명은 김해경(金海卿)이며, 이상의 나이 겨우 3세 때 자식을 낳지 못한 백부 김연필(金演弼)의 양자로 입적되어 어린 나이로 부모의 품을 떠나게 된다.

그는 1917년 경성부 누상동의 그 당시 신학문 교육기관인 신명(新明)학교에 입학하였으며, 신명학교를 다니는 4년 동안 그의 성적은 항상 상위권이었다.

이상의 성격은 비교적 과묵하면서도 예민하였는데 신명학교 졸업반인 4학년 때(당시 11세)는 '칼표'라는 담뱃갑을 실물과 똑같이 그려서 주위 사람들을 놀라게도 하였다. 그것은 또한 그의 예술에 대한 소질이 처음으로 과시된 일이기도 하였다.

1921년 이상은 신명학교를 졸업하고 재단법인 조선불교 중앙교무원에서 운영하는 동광학교(東光學校)에 입학하였으며 그가 4학년 때 동광학교가 보성고보(普成高普)에 병합되어 보성고보 17회 졸업생이 되었다.

보성고보 시절 이상은 학우 유진산, 김상기, 이헌구 등과 함께 작가 공초(空超) 오상순에게서 영어를 배웠고, 화가 고희동에게서 미술을 배웠다.

이러한 인연은 문학에의 소질이 남달랐던 이상에게 은연 중 영향을 주는 계기가 되었던 것이기도 하다.

1927년 보성고보를 졸업하고 서울대학교 공과대학의 전신인 경성고등공업학교 건축과에 입학하였다.

이상은 평소 미술을 꿈꾸어왔으나 건축과를 선택하라는 그의 백부의 뜻이 너무나 완고하여 어쩔 수 없이 건축과를 택하였던 것인데, 이는 그가 꿈꾸어왔던 길이 아니었으므로 그때부터 심한 갈등과 좌절로 방황하는 생활이 시작되었다.

그러나 그의 천부적으로 뛰어난 재능과 명석한 두뇌는 그러한 갈등이 있었음에도 불구하고 경성고등공업학교 3년 동안 내내 수석의 자리를 지켰고, 또한 학교 회람지 ≪난파선≫의 편집과 삽화를 맡으면서 여러 편의 시를 발표하였다.

19세가 되던 1928년 조선건축회지인 ≪조선과 건축≫ 표지 도안 현상모집에 출품하여 1등과 3등을 동시에 차지하는 영광을 얻으면서 이때부터 그의 천부적인 재능에 세상 사람들의 이목이 집중된다.

1929년 경성고등공업학교를 졸업하고 조선총독부 내무국 건축과 기수로 입사하여 신입사원 시절, 의주통 전매청을 설계·감독하는 등 분주한 생활을 한다. 그러나 이상은 그 분주한 생활 가운데 불쑥불쑥 '이것이 과연 내가 갈 길인가?' 하는 자기 자신에 대한 의문이 생기면서 갈등에 싸인 생활을 하게 된다.

1931년 ≪조선과 건축≫ 7월호에 시 <이상한 가역반응>, 8월호에 <오감도>, 10월호에 <삼차각 설계도>를 발표한 데 이어서 서양화 <초상화>를 선전(鮮展)에 출품하여 입선, 더불어 시에 대한 관심을 표명하며 천재화가로 불리는 꼽추 구본웅과 교우관계를 갖게 된다.

이때 양부이자 백부인 김연필의 사망으로 인하여 이상은 백부의 유산을 정리하여 백모와 반씩 나누어

갖고 헤어져서 20년 만에 자신의 본가로 돌아온다.

1932년에는 단편소설 <지도의 암실>, 시 <건축무한육면각체>도 발표하였다.

1933년 이상의 나이 아직 24세밖에 안 되었으나 그에게 불길한 징조가 찾아왔다. 목구멍에서 진달래꽃보다도 더 붉은 선혈을 토해내었던 것이다.

각혈로 인하여 그해 3월에 다니던 직장을 그만두고 집에서 약을 달여 먹고 있었으나 그런 생활에 답답함을 느끼면서 교우 구본웅과 함께 탈출을 꿈꾸고 두 천재는 황해도 백천온천으로 요양차 집을 떠난다.

그곳에서 요정 '능과정'의 금홍을 알게 되고 그녀와의 첫사랑에 빠져서 결국은 동거에 들어간다.

5월 백부의 소상 때문에 다시 귀경하여 종로 1가에 다방 '제비'를 개업하고 동거하던 애인 금홍을 마담으로 앉힌다. 또한 ≪가톨릭청년≫에 시 발표를 계기로 본격적인 시(詩) 작업에 들어간다.

이때 ≪가톨릭청년≫에 발표한 시 <거울>을 보자.

거울속에는소리가없소.

저렇게까지조용한세상은참없을것이오.

거울속에도내게귀가있소.
내말을못알아듣는딱한귀가두개나있소.

거울속의나는왼손잡이요.
내악수를받을줄모르는―악수를모르는왼손잡이요.

거울때문에나는거울속의나를만져보지를못하는구료마는
거울이아니었던들내가어찌거울속의나를만나보기만이라도했겠소.

나는지금거울을안가졌소마는거울속에는늘거울속의내가있소.
잘은모르지만외로된사업에골몰할께요.

거울속의나는참나와는반대요마는
또꽤닮았소.
나는거울속의나를근심하고진찰할수없으니퍽섭섭하오.

이 6연의 시는 띄어쓰기만을 지키지 않았을 뿐 그렇게 난해한 시는 아니다.

거울을 본 순간 인간 본연의 순수의식에 눈을 떠 자아를 발견한 것이었으나, 그것이 절망적 이상이라는 데 문제가 있는 이 시는 독특한 화술과 기교로 이루어진 시로서 '자의식 분열에 대한 고뇌'를 주제로 하고 있으며 이상의 한 자화상이기도 한 것으로 표현되고 있다.

1934년 이상의 나이 25세, 조선중앙일보에 자유시 <오감도>를 연재하여 문단의 빗발치는 항의와 비난을 받고 물의를 일으키게 되어, 당시 30회를 연재하기로 계획하였으나 15회에서 그만 중단되고 만다. 이를 계기로 이상이라는 이름은 세상에 널리 퍼진다.

시 <오감도>를 보면, 암울한 시대인 1920년대부터 비롯된 우리 현대시사의 의식세계에 대한 내시적(內視的) 추구의 시가 쓰여지기 시작한 것은 바로 이상에게서부터라 볼 수 있다. 또한 이 시가 쓰여진 시기가 일제시대이고 또 이상, 개인적으로 볼 때는 회생 불가능한 폐병환자였다는 점에서, 망국민족으로서의 절망감이나 개인적인 불안감이나 공포감 등이 이 시의 정서

와 같은 맥락을 이루는 것이 아닌가 하는 추측을 낳게 한다.

13인의아해가도로로질주하오.
(길은막다른골목이적당하오)

제1의아해가무섭다고그리오.
제2의아해도무섭다고그리오.
제3의아해도무섭다고그리오
제4의아해도무섭다고그리오
제5의아해도무섭다고그리오
제6의아해도무섭다고그리오
제7의아해도무섭다고그리오
제8의아해도무섭다고그리오
제9의아해도무섭다고그리오
제10의아해도무섭다고그리오
－중략－

연재가 중단된 위의 시 <오감도>에 대해 이상(李箱)은 그 심정을 이렇게 썼다.

왜 미쳤다고들 그러는지 대체 우리는 남보다 수 십 년씩 떨어지고도 마음 놓고 지낼 작정이냐. 모르는 것은 내 재주도 모자랐겠지만 게을러빠지게 놀고만 지내던 일도 좀 뉘우쳐봐야 아니 하느냐. 여남은 개쯤 써 보고서 시 만들 줄 안다고 잔뜩 믿고 굴러다니는 패들과는 물건이 다르다. 이천 점에서 삼십 점을 고르는데 땀을 흘렸다. 31년 32년 일에서 용대가리를 딱 꺼내어 놓고 하도들 야단에 배암꼬랑지커녕 쥐꼬랑지도 못 달고 그만두니 서운하다. 깜박 신문이라는 답답한 조건을 잊어버린 것도 실수지만 이태준(李泰俊), 박태원(朴泰遠) 두 형이 끔찍이도 편을 들어준 데는 절한다. 철(鐵)－이것은 내 새 길의 암시요 앞으로 제 아무에게도 굴하지 않겠지만 호령하여도 에코－가 없는 무인지경은 딱하다. 다시는 이런－물론 다시는 무슨 다른 방도가 있을 것이고 위선 그만둔다. 한동안 조용하게 공부나 하고 따는 정신병이나 고치겠다.

1935년 운영하던 다방 '제비'는 적자폭을 견디지 못하고 문을 닫고 만다. 그 후 인사동에 술집 '학'을 개업했다가는 다시 문을 닫고, 종로에 다방 '69'를 개업하였다가 또다시 문을 닫는다. 다시 명동에다 다방 '맥'을 꾸몄으나 중도금이 부족하여 개업도 하지 못한 채 포기한다. 이렇게 되풀이되는 경제난에 허탈해져버린 이상! 그는 그만 서울에서 사라져버리고 만다. 그리고 성천(成川)에 불쑥 나타나 한 달쯤을 떠돌며 머물며 글을 썼다. 이때 그의 대표 수필 <산촌여정>이 탄생되었고 ≪조광(朝光)≫에 대표 단편소설 <날개>를 발표하여 시에서 시도한 자의식을 소설로 승화시켰다.

1936년 6월, 이화여전을 나온 신진 여류작가 변동림(卞東琳)과 결혼한 이상은 서울에서의 탈출을 꿈꾼다.

그의 난해한 문학은 우리나라 최초의 의식세계에 대한 내면적 추구로 당시의 구태의연한 문학계에 충격을 주었으며, 암담한 생활에 대한 회오의 눈물을 남긴 채, "날자, 날자, 한 번만 더 날자꾸나"를 외치고 외치던 끝에 9월 3일 결국은 일본으로 건너간다.

낯선 이국땅, 낯선 이국문화를 기웃거리면서 <권태>, <공포의 기록>등의 작품을 발표하였고, 자기생활의 결산과도 같은 작품 <종생기(終生記)>를 발표하면서 왕성한 창작욕을 불태웠다.

1937년 2월, 사상 불온혐의로 일본경찰에 체포되어

구금되었으나, 3월 또다시 심한 각혈을 하는 등 건강 악화로 인하여 보석된다.

나라가 어지럽던 시대에 태어나 뛰어난 기지와 끈질긴 관찰주의 습성을 발휘하여 이 땅에 불세출의 천재작가로서, 또는 자아문학의 기수이자 고독한 작가로서, 특출한 작품들을 남긴 이상(李箱)!

아, 그는 1937년 4월 17일 이국땅 동경제대부속병원에서 한 마디의 유언도 없이, 또한 지켜보는 이 하나 없이 겨우 26년 7개월이라는 나이로 요절, 인생의 갈피를 덮었다.

그해 5월 4일 그의 유해는 부인에 의해서 환국하여 서울 미아리 공동묘지에 안장되었으나 훗날 이마저도 유실되어버렸다.

현실을 거부하면서도 사랑하고 그러면서 끝없이 어딘가로 높이 더 높이 날기를 꿈꾸었던 위대한 고독자 이상(李箱)! 그는 비록 짧은 생애이기는 하지만 자아문학의 깃발을 들고 우리에게 문학과 삶의 태동을 심어준 작가이고, 그의 선각자적 정신의 신화와 교훈은 우리의 가슴에 영원히 남아 있을 것이다.

날개 - 오감도

초판 1쇄 인쇄 2021년 12월 10일
초판 1쇄 발행 2021년 12월 15일

지은이 이 상
펴낸이 이태선
펴낸곳 창작시대사

주소 경기 고양시 일산동구 장백로 20 굿모닝힐 102동 905호
전화 031-978-5355 **팩스** 031-973-5385
이메일 changzak@naver.com
등록번호 제2-1150호(1991년 4월 9일)

ISBN 978-89-7447-251-1 03810

- 책값은 뒤표지에 있습니다.
- 잘못된 책은 바꿔드립니다.